KB070463

라파엘로(Raffaello Sanzio 1483~1520), 《시인의 두상 습작》
(1511년경, 분홍색 종이에 은필화, 122x103mm, 피렌체, Museo Horne)

칸초니에레

나남출판

나남소네트 · 002

칸초니에레

2005년 1월 5일 발행
2005년 1월 5일 1쇄

저자_ 프란체스코 페트라르카
역자_ 이상엽

발행자_ 조상호
발행처_ (주) 나남출판
편집_배종연
디자인_이필숙
주소_ 413-756 경기도 파주시 교하읍
출판도시 518-4번지
전화_ 031) 955-4600 (代)
FAX_ 031) 955-4555
등록_ 제 1-71호(79. 5. 12)
홈페이지_ www.nanam.net
전자우편_ post@nanam.net

ISBN 89-300-1802-5
ISBN 89-300-1800-9(세트)
책값은 뒷표지에 있습니다.

나남소네트 · 002

칸초니에레

프란체스코 페트라르카

이 상 엽 역

NANAM
나남출판

일러두기

외래어 표기 원칙

1) 지명이나 인명은 이탈리아어 원어에 가장 가깝게 읽었으며, 특히 단자음과 이중자음을 구분하기 위하여 이중자음의 경우 된소리로 표기하였다.
   예) 콜론나 Colonna, 벳따리니 Bettarini, 페트락꼬 Petracco
2) 국내에서 일반적으로 표기되고 있는 '베르길리우스'는 '웨르질리우스'로 표기하였는데 이는 고대 라틴어 표기 Uergilius를 원음에 충실하게 읽은 것이다.

구두점

시인이 이를 통해 면밀하게 의도했던 바와 그 호흡에 충실을 기하기 위해 역자는 우리말에 낯선 이 구두점들을 어떻게 처리할 것인가에 대해 적지 않은 고민을 했다. 언젠가 시인은 "내가 힘들게 쓴 것에 대해 독자들이 힘들이지 않고 이해하기를 바라지 않는다"고 말했다. 역자는 그 독자의 모습에 다가가고자 했다.

역자 서문

> 만일 서양의 시 문학사를 통틀어 수세기 동안 끊임없이 이야기된 한 권의 책이 있다면 그것은 바로 페트라르카의 《칸초니에레》이며, … 시적(詩的) 정체성을 갖춘 서정의 규범을 만들어냈다고 할 수 있는 한 권의 책이 있다면 그것은 바로 페트라르카의 《칸초니에레》이다.
>
> — R. 벳따리니

이 선집은 프란체스코 페트라르카의 시집 《칸초니에레》(*Canzoniere*)에서 뽑은 100편의 소네트로 이뤄져 있다. 역자가 이 100편을 선정함에 있어 특히 중요하게 생각한 것은 두 가지 측면이다. 첫째, 이탈리아의 페트라르카 문학 연구가들이 그의 시문학을 이해하기 위해서 가장 많이 연구한 시들이 어떤 것들인가 하는 점이다. 둘째, 역자의 연구경험을 통해 《칸초니에레》를 이해하는 데 가장 중요하고 아름다운 시는 어떤 것들인가 라는 점에 있다.

1

세계 문학사에 지대한 영향을 끼친 이탈리아의 시인으로 우리에게도 잘 알려진 《신곡》(1306년경~1321년경)의 저자 단테 알리기에리(Dante Alighieri, 1265~1321)와 《데카메론》(1349~1351)의 저자 죠반니 복캇쵸(Giovanni Boccaccio, 1301~1375)가 활동한 1300년대는 이탈리아 문학의 황금기라고 할 수 있다. 그러나 이들 사이에 또 하나의 별이 있었으니 그가 바로 프란체스코 페트라르카(Francesco Petrarca, 1304~1374)이다.

이탈리아의 저명한 학자인 빗토레 브랑카(Vittore Branca, 1913~)는 페트라르카를 "현대 서정시의 아버지이며 인문주의 문명의 아버지"라고 평하였다. 또한 미국인으로서 페트라르카 전문가인 어니스트 해취 윌킨스(Ernest Hatch Wilkins, 1880~1966)는 "페트라르카야말로 당대의 가장 위대한 인간이었으며, 전 인류역사를 통해 보더라도 가장 위대한 인물들 중 한 사람이었다"고 했다. 이탈리아의 대문호 단테, 페트라르카, 복캇쵸는 자신들의 작품들을 통해 서양문학에 마르지 않는 문학적 양분의 바다가 되어 서양세계를 굽이쳐 흐르는 장대한 강들의 탄생을 도와준 것이다. 그들은 시인이자 학자로 르네상스의 모델을 확립하였고, 그것은 오늘날까지도 서구문명의 이상으로 남아 있다. 특히 수많은 학자들이

주목하고 평가를 내린 페트라르카의 대표적인 면들은 브랑카의 평처럼 그와 '인문주의'와의 관계 속에서 또 '탈 중세적인, 즉 근대적인 서정시 확립'에 기여한 점임을 알 수 있다.

페트라르카의 문학을 이해하지 못하고는 이탈리아 문학을 제대로 이해할 수 없다고 보는 것이 이탈리아 문학 연구가들의 한결같은 견해이다. 이러한 견해의 중심에 있는 《칸초니에레》는 페트라르카 문학의 최대 걸작이며 이 작품을 통해 페트라르카는 후세인들로부터 이탈리아 서정시의 효시로 평가받고 있을 뿐만 아니라 소네트를 완성한 시인으로 인정되고 있다. 이러한 평가가 올바른 것이라면 《칸초니에레》는 서양의 근대 서정시의 정전(正典)으로 볼 수 있다. 시집 《칸초니에레》의 각 시에는 제목이 없으며, 첫 시부터 마지막 시까지 각 시의 좌측 상단에 일련번호가 매겨져 있다. 나아가 비슷한 시기에 씌어진 작품들인 《신곡》(전체가 100곡으로 되어 있으며 제 1곡인 서곡에 이어 지옥, 연옥, 천국이 각각 33곡씩으로 이뤄짐)과 《데카메론》〔100편의 '짧은 이야기'(*novella*)로 되어 있음〕이 100이라는 숫자의 테두리 내에서 의미를 갖는 구조를 이루고 있는 것과는 달리 《칸초니에레》는 1년 366일(혹은 365일)을 연상시키는 366편의 시들로 이루어졌다는 점을 알 수 있다. 내용으로 보더라도 시집의 서문으로 볼 수 있는 서시에 이어 365편의 시들이 담겨 있는 것이다. 당시 《칸초니에레》가 보여준 놀랄 만한 새로움은 전체적인 하나의 의미를 갖춘 통일된 구조 안에서 각 작품들의 일정한 배열을 통한 서정시의 의미화의 역량들을 배가했다는 점이다. 이러한 점에서 우리는 이 시집의 원제인 '세속적인 것들의 조각들'이라는 의미를 가진 'Rerum vulgarium fragmenta'가 이처럼 전체가 서로 유기적이며 조화롭게 아주 잘 짜인 것이라는 의미를 가진 'Canzoniere'라는 제목으로 변하여 오늘날 널리 쓰이고 있음을 알 수 있다. 페트라르카가 임종 직전인 1374년 봄까지 약 40여 년간 온갖 정성을 다하여 갈고 닦아온 이 366편의 시들 중에는 소네트가 절대다수인 317편이나 된다. 소네트는 시칠리아 학파의 대표시인인 쟈코모 다 렌티니(Giacomo da Lentini, 1210년경~1260년경)에 의해 1241년경 처음 만들어져 귓또네 다렛쪼(Guittone d'Arezzo), 귀도 귀닛젤리(Guido Guinizzelli), 귀도 카발칸티(Guido Cavalcanti) 등을 거쳐 단테의 《신생》(*Vita Nuova*)에 이르기까지 주로 사랑을 노래할 때 선택된 시의 형식이었다. 이러한 소네트를 페트라르카가 《칸초니에레》에서 다양한 형식과 운율, 풍부한 내용을 담아내며 완전하고도 대단히 아름다운 형식으로 완성했으니 이후 이탈리아 문학에서 소네트는 최고의 형식이 된다.

2

《칸초니에레》의 시어들 중 높은 사용 빈도수의 시어들을 중심으로 시집의 내용을 살펴보면 다음과 같다. 즉, '가슴'(*core*) 깊이 '사랑'(*amore*)에 빠지고 '시간'(*tempo*)의 흐름을 통해 인간의 '생'(*vita*)과 '사'(*morte*)의 숙명을 깊이 느끼게 된 '내'(*io*)가 과거와 현재 그리고 미래에 대한 '사념'(*pensiero*)과 '고달픔'(*dolore*)으로 '지치고'(*stanco*) 마침내 '외로움'(*solo*)에 싸여 살다가 끊임없이 '탄성'(*sospiri*)을 지르며 '자비'(*pieta*)를 '갈망하는'(*sperare*) 것이다. 이렇듯 이 작품은 시인의 일생을 자전적으로 노래하고 있으며 이러한 시인의 의도를 서시에서부터 엿볼 수 있다.

이 시집의 주제들을 세부적으로 나눠 보면 여인에 대한 사랑, 삶, 인생에 대한 성찰, 동생과 친구에 대한 헌시, 조국애, 부패한 교황청에 대한 일침 등 다수이다. 이 주제들 중 질과 양의 측면에서 가장 압도적인 것은 '사랑'과 '인생'인데 이 두 주제는 프란체스코의 자전적 사실과 긴밀한 영향관계를 갖고 있으며 시집 전체에 널리 흩어져 있기에 유기적 시 읽기를 가능하게 한다. 그러나 주요 주제들 중 하나가 '사랑'이고 이에 대한 라우라의 중요성은 더할 나위 없다. 물론 《칸초니에레》를 '사랑의 시집'이라고만 단정지을 수는 없을지 몰라도 사랑, 즉 라우라를 뺀 《칸초니에레》를 상상할 수는 없으며 나아가 라우라에 대한 사랑이 없었다면 페트라르카의 시는 태어나지 않았을 것이라는 가정도 가능한 것이다. 따라서 《칸초니에레》의 주인공은 라우라와 프란체스코라고 볼 수 있으나 보다 엄밀한 의미에서는 서시에서 밝히고 있듯이 프란체스코의 '가슴을 가득 채우던 그 탄성들', 즉 그의 내면세계라고 봄이 옳다.

시인 자신으로 이해되는 주인공은 1327년 4월 6일 성 금요일 아침 아비뇽의 성 키아라 성당에서 한 여인을 보고 첫눈에 반하게 된다. 이후 그녀에 대한 외롭고 힘겨운 프란체스코의 사랑은 영원히 지속되었으니 그녀가 바로 '라우라'(Laura)였다. 이때부터 시인의 순간순간 펼쳐지는 인생의 명암은 무심하기만 한 그녀의 눈빛에 따라 변하였으니 프란체스코의 한숨과 눈물은 그칠 날이 없었고 이는 시가 되어 우리에게 전해지고 있다. 이러하니 그의 시들은 프란체스코의 '사랑의 역사'라 해도 과언이 아닌 것이다. 주인공은 자신이 사랑에 빠지게 된 순간을 시를 통해 밝히며 그날을 그리스도의 수난일과 연결시켜 자신의 사랑과 사랑의 대상을 성스러운 분위기로 이끌어 간다.

정확히, 천삼백이십칠 년, / 사월 여섯째 날, 이른 시각, /

> 나는 그 미로에 들어갔으나, 아직 출구를 찾지 못하고 있네(Rvf 211, 12~14). 그날, 창조주에 대한 동정으로/ 태양이 빛을 잃었던 바로 그날,/ 그대의 아름다운 두 눈이 나를 사로잡았으니,/ 여인이여, 나는 사랑의 포로가 되어, 정신을 잃고 말았다오. // … 이렇게 나의 재난들은/ 모두의 고통 속에 시작되었다오(Rvf 3, 1~8).

《칸초니에레》에 담긴 절대 다수의 소네트들은 라우라에게 쓴 시던가 라우라를 주제로 노래하고 있다. 그렇다고 그녀가 소설의 등장인물과 같이 시집의 발전, 전개 속에서 반응하는 것은 아니다. 이 여인에 대한 찬미가들 속에는 단 한 번도 그녀의 신상에 대해서 언급되지 않는다. 시인은 작품 속에서 라우라의 신체의 일부(두 눈, 얼굴, 손, 팔, 다리, 금발, 가슴 등)만을 노래하고 언급하는 가운데 침묵하는 여인의 모습과 더불어 모자이크처럼 수많은 조각들로 그녀의 빼어난 아름다움을 찬미한다. 그녀의 존재와 행위는 사랑하는 남자(프란체스코)의 주관적 시선에 의해 끝없이 여과되고 해석되며 변형되는 것이다. 결국 서정시의 체계논리 속에서 볼 때 라우라는 단지 주인공 프란체스코의 주관성의 기능이라는 틀 안에서만 존재하는 것이다. 이러한 시집 속에서 라우라는 다음과 같이 서로 극명하게 대조적인 두 가지 모습으로 표현된다.

라우라는 주인공의 사랑하는 마음에 무심하며, 잔인한 여자의 모습으로 표현된다. 프란체스코의 영원히 채워지지 않는 사랑과 열망의 대상, 그러나 이루지 못할 대상인 라우라는 그의 마음을 받아주지 않아 그를 번뇌와 고통으로 가득 채운다. 이러한 여인 라우라는 사랑하는 이의 '적'으로 표현된다. 여기서 사랑의 관계는 끝없는 고통이며, 탄식 가득한 긴 전쟁이며, 평화도 잠시의 휴식도 없는 것이니 주인공에게는 '악마'로까지 인식된다. 또한 그녀는 '아름답고 잔인하고 거친 맹수'이며 혹은 '아름답고 온순한 맹수'이기도 하다. 하지만(여하튼) '파괴적' 모습으로 표현된다. 그녀는 살아 있는 돌과 같아서, 또 그녀의 차갑고 야박한 심장 속에는 잔인함이 자리하고 있기 때문에 결코 그녀의 얼굴색이 자비로운 빛으로 채워지지는 않는다.

라우라는 완벽한 천상적 피조물의 기준을 가지고 있다. 그녀의 아름다움은 믿을 수 없을 정도로 신성하며, 축복받은 천사의 불빛으로 규명된 그녀의 두 눈은 하늘나라로 향하는 길을 보여주며 모든 것이 영원한 하늘나라의 그것과 같은 평화를 알려준다. 그녀의 걸음걸이는 인간의 것이 아니라 천사의 것이며, 나아가 이 모든 것은 사랑에 빠진 주인공에게는 그녀가 천국에서 태어났다는 믿음을 갖게 한다. 밤하늘의 수많은 별보다 더, 온 세상을 밝히는 태양보다 더 빛나는 아름다운 그녀에 대한 사랑의 열정은 죽음도 식히지 못하리라 프란체스코는 생각한다. 죽음을 통해 라우라와의 재회를 희망하기에 죽음은 그에게 두려움의 대상이 아니라 기다림의 대상이다. 생명이 기쁨이라면 죽음은 아름다움인 것이다. 그러나 그의 사랑하는 마음은 언제나 보상받지 못하니 한없이 슬픈 사랑이 되고 만다.

3

인간은 작품을 통해서만 영원히 살 수 있다 하지 않았는가! 영원한 인간의 관심거리이자 우리 모두가 공감하는 주제 '사랑'과 '인생'은 최소한 630년 이상 된 페트라르카의 시들을 통해 우리는 인생과 사랑의 아름다움과 슬픔을 공유하고 또 절감하니 인간이 존재하는 한 그의 시는 영원토록 살아 숨쉬리라 믿는다.

2004년은 페트라르카 탄생 700주년이 되는 해이다. 페트라르카의 작품들이 아직까지 국내에 제대로 소개되지 못한

이 시점에서 부족하나마 나의 번역서와 함께 그의 문학의 꽃씨가 우리 땅에도 날아와 아름다운 꽃을 피워낼 수 있는 좋은 출발의 원년이 될 수 있기를 희망한다.

14세기 이탈리아 시를 우리말로 옮기는 데 있어 역자가 가장 역점을 둔 것은 원문의 다양한 측면에서의 난해함과 나의 한계에서 기인할 수 있는 오역을 피하고자 한 것이다. 이를 위해 19세기, 20세기의 페트라르카 전문가들이 남긴 가장 정평이 난 주석본들을 다수 참조하였다. 하지만 아직도 미흡한 부분이 적지 않음을 인정하지 않을 수 없는데 이 모두는 역자의 부족함 때문임을 밝히며 시인에게 누를 끼치지 않았으면 하는 바람뿐이다.

2004년 가을

왕산에서

이 상 엽

Franciscus

마르스에 비유된 페트라르카 (15세기 수사본)

비너스에 비유된 라우라 (15세기 수사본)

페트라르카와 라우라, 《시집》의 속표지 그림(베네치아, Antonio Zatta 출판사, 1756).
1348년 라우라의 사망을 추모한 동판화를 모사한 판화

페트라르카와 라우라, 《시집》의 속표지 그림(앞과 동일).
밑의 인물은 이 판화를 제작한 크리벨라리(Crivellari)

단테像 (피렌체, 우피치 미술관)

페트라르카像 (피렌체, 우피치 미술관)

페트라르카의 흉상(베네치아, Biblioteca Marciana)

페트라르카의 두상 (시인 생존시에 제작된 유일한 두상)

페트라르카 (15세기 수사본, 일명 '프란체스코 페트라르카의 은퇴', 피렌체, 국립도서관)

페트라르카가 로마에서 계관시인이 된 것을 그린 목판화 (1652~1669)

안드레아 델 카스타뇨(Andrea del Castagno 1423~1457), 〈페트라르카〉
(1450년경, 프레스코, 247x153cm. 우피치 미술관. 연작 〈유명한 남녀 인사들〉의 일부)

라파엘로(Raffaello Sanzio 1483~1520), 〈파르나소 *Parnaso*〉
(1510~1511년, 프레스코, 밑변 6.70m, 로마, 바티칸궁, '[교황청] 최고법원'
Stanza della Segnatura). 페트라르카는 왼쪽에서 3번째.
위쪽으로 단테, 호머, 웨르질리우스가 보인다.

Voi chascoltate in rime sparse il suono
de quei sospiri ondio nutriua el core
in sul mio primo giouenile errore
quandera ī parte altro huom da quel chio sono
Del uario stile ī chio piango et ragiono
fra le uane speranze el uan dolore
oue sia chi per proua intenda amore
spero trouar pieta nonche perdono
Ma ben veggio or si come al popol tutto
fauola fui gran tempo onde souente
di me medesmo meco mi uergogno
Et del mio uaneggiare uergogna el frutto
el pentirsi el conoscer chiaramente
che quāto piace al mōdo e breue sogno

《칸초니에레》의 序詩 (15세기 수사본)

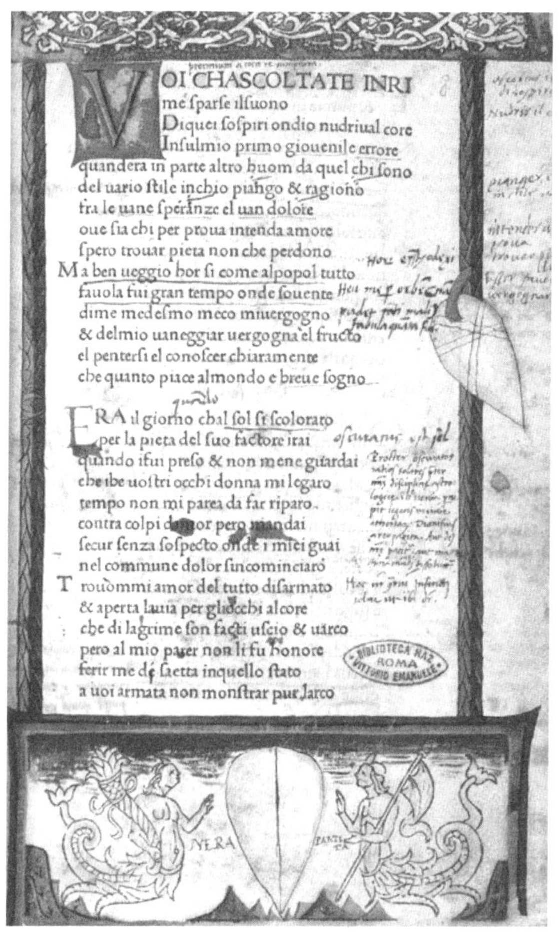

VOI CHASCOLTATE INRI
me sparse il suono
Diquei sospiri ondio nudriual core
Insulmio primo giouenil e errore
quandera in parte altro huom da quel chi sono
del uario stile inchio piango & ragiono
fra le uane speranze el uan dolore
oue sia chi per proua intenda amore
spero trouar pieta non che perdono
Ma ben ueggio hor si come alpopol tutto
fauola fui gran tempo onde souente
dime medesmo meco miuergogno
& delmio uaneggiar uergogna el fructo
el pentersi el conoscer chiaramente
che quanto piace almondo e breue sogno

ERA il giorno chal sol si scoloraro
per la pieta del suo factore irai
quando ifui preso & non mene guardai
che ibe uostri occhi donna mi legaro
tempo non mi parea da far riparo
contra colpi damor pero mandai
secur senza sospecto onde i miei guai
nel commune dolor sincominciaro
Trouommi amor del tutto disarmato
& aperta lauia per gliocchi al core
che di lagrime son facti uscio & uarco
pero al mio parer non li fu honore
ferir me de saetta inquello stato
a uoi armata non monstrar pur larco

《칸초니에레》의 序詩 (베네치아, 1470년 수사본)

¶ Incominciano li ſonetti cõ cãzoni dello egregio poeta Miſſer Frãceſco Petrarcha cõ la interpetatione dello eximio & excellente poeta Miſ. Fran. Philelpho allo inuictiſſimo Philippo Maria duca di Milano.

A

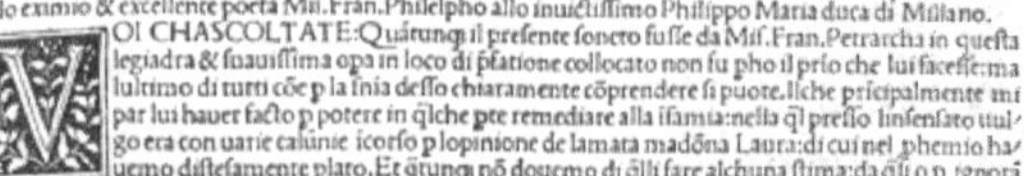

VOI CHASCOLTATE: Quãtunq il preſente ſoneto fuſſe da Miſ. Fran. Petrarcha in queſta legiadra & ſuauiſſima opa in loco di pfatione collocato non fu pho il prio che lui faceſſe: ma lultimo di tutti cõe p la inia deſſo chiaramente cõprendere ſi puote. Ilche pricipalmente mi par lui hauer facto p potere in qlche pte remediare alla ifamia: nella ql preſſo linſenſato uulgo era con uarie calũnie icorſo p lopinione de lamata madõna Laura: di cui nel phemio hauemo diſteſamente plato. Et qtunq nõ douemo di qlli fare alchuna ſtima: da qli o p ignorãtia o p hipocreſia ſiano idegnamente biaſmati: pho che la uera loda e qlla chiamata: laql procedere ſuole da hõ lodato & excellente. Nientedimẽo il nõ curarſi di qllo chaltri di noi o eſtima o parla procedere pare: o pche ſiamo arroganti iql duo uitii leximio & prudentiſſimo noſtro poeta uolendo ſchifare: acioche mal parlare di ſtulti non corrũpeſſe per il ſuo tacere ẽdio lopinione di ſauii ſcuſa nel ſuo hauere ſcritte i amoroſe rime dimoſtrando tale errore eſſere proceduto da eta giouenile il cui feruore & ipho qto ſia niuno e che giouane ſia ſtato a cui p experientia nõ ſia manifeſto. El perche domanda da qlli tutti liqli ſuoi amoroſi tal ſonetti & canzone aſcoltano che uoglino conſiderare le iſuperabile forze damore: ilquale ſi uoglino dire le uero quãtũq biaſimare legiermente ſi puote pur da ſuoi occulti & inſidioſi colpi al tutto diffenderſi niuno altro pare potere ſe non morti & glinſenſati. Et iperho nõ dubita affermare che lui ſpera non ſolo trouare pdonãza: ma anchora cõpaſſione apſſo di quei tutti che hauerãno p uera experiẽtia ſentite le ſoe coſe & fiãmegiãte frezze damore. Et per moſtrare ſe eẽre al tutto libero da qllo arciero: e da cui ſtrali era gia molti & molti anni ſtato con amoroſi incendii uulnerato. Sogiũge eẽre a lui di cio finalmente tre coſe interuenute. Prima la uergogna che ha della infamia in che per tale ſuo amore era incorſo. Dapoi il pentimento de hauere cõmeſſo tale errore. Et ultimamente il cognoſcere chiaro chi tutti mondani piaceri poco durano & ſono uani. Vnde drizando le ſue dulciſſime rime coſi quaſi a littera exponendo diremo. VOI Qualũq ui ſiate che aſcoltate i rime ſparſe quali attendete & odite nelle mie rime de ſonetti & canzone ſpſe & diſſiminate tra docti & idocti. IL SVONO: tireſoneuoli concenti & ditti di quei ſoſpiri undio nutriua il core pho che eẽndo il cuore paſſionato itollerabile ſpeto damore: ſe chol ſoſpirare alqto nõ ſi ſfocaſſe legiermẽte poterebbe ſpirare: doue p lo ſoſpirare ſe cõſerua. IN SVL prio giouenile errore: i qto igiouani ſi p lo ſfrenato callore dello abũdãtiſſimo ſangue: ſi anchora pche nõ hãno i qlla eta itegra pfectione de lintellecto: legiermẽte ſe iducano ad errare: eẽndo lo errore niuna altra coſa che una approuatione di tacilitade i luogho di ueritade. Q VANDERA i pte altro hõ da ql chio ſono: pho che allo ra io obediua la pte irratiõale de laia cioe allapetito ſenſitiuo: nel cui tẽpeſtoſo domicilio habitão le turbulẽtiſſime paſſioni: ma hora obediſco alla parte rõnale il pche dico. OVE i qto. SIA che alchuno de uoi che aſcoltate ilqle itenda amore p pue: p laqlcoſa ſi cõprende qto ſia lo amore potiſſimo & qſi iuicto. SPERO trouare pieta & cõpaſſione. NON che pdono. Et non ſolamente pdonãza. DEL uario ſtile: de mei ſonetti & canzone. IN chio: nelqle io piãgo & ragiono: Vſanza de iamorati che qdo ſatiſfare non poſſino a loro diſio parlano piangendo tãto ſono da ſtimoli damore ſpronati & afflicti. Et iperho ſogiũge. FRA le uane ſperãze. Del potere ſatiſfare a lo amoroſo appetito: ilche ſouẽte ſuo ſallire. EL VAN dolore: inqto molti ſi dolgano di qſto che cõ ragione nõ debbeno: ouero pche alle uolte ci cade fra le rete ql che giamai credeuão potere cõſeguire: Ma poi che ſin q ha il Petrarcha dimoſtrato la qlita del ſuo errore: ilche p la eta giouenile data alle paſſiõi: & maximamẽte alla cõcupiſcentia carnale era icorſo hora nella ſua uechieza expẽto i grã parte il calore naturale. Dichiara qto la ragione habbia i ſe potuto coſi dicẽdo. Ma ben ueggio hor in qſta mia uechieza. Si cõe i gran tẽpo fui una fabula al popul tutto: pho che qdo alchũo hõ di riputatiõe uiue o i fatti o in parole altramẽte che la ſua dignita ricerchi fa che ogni uno parla di lui cõ uarie calũnie & noue fictioni & buſie. VNDE per laqlcoſa. SOVENTE ſpeſſe uolte: io mi uergogno meco di me medeſimo pur ſol penſando nel mio errore & toccha tre coſe leqli dice eſſerli ſeguite p tal ſuo iamoramẽto: cioe la uergogna il pentimẽto: & la cognitiõe. Quãtũq ſecondo il dritto ordine della ragione prima hõ cognoſce il ſuo errore. Ilche cognoſciuto ſine uergogna: unde iſieme col uergognarſi ſeguita il diſpiacere & pẽtimento che lui ha de hauer i tal mõ errato. Vnde dice. ET Del mio uaneggiar. inqto ho atteſo ala uãita del ſole amore. VER-

SONETO PRIMO.

Oi chaſcoltate i rime ſparſe il ſuono
Di quei ſoſpiri ondio nutriua il cuore
In ſul mio prio giouenil errore
Quandera in pte altro huom da quel chio ſono
Del uario ſtile in cui piango & ragiono
Fra le uane ſperanze: el uan dolore
Oue ſia chi per proua itenda amore
Spero trouar pieta non che perdono
Ma bẽ ueggio hor ſi cõe al popul tutto
Fauola fui gran tempo: unde ſouente
Di me medeſimo meco mi uergogno
Et del mio uanegiar uergogna e il frutto
El pentirſi: il cognoſcer chiaramente
Che qto piace al mõdo e breue ſogno

《칸초니에레》의 序詩 (16세기 판본)

Rerum Vulgarum Fragmenta
Canzoniere

칸초니에레

《칸초니에레》의 序詩 (16세기 수사본)

1

여러분,[1] 이제 그대들은 산만한 시들[2] 속에서
내가 지금과는 다소 다른 사람이었던 시절
빗나가던[3] 내 젊디젊은 그 시절에
내 가슴을 가득 채우던 그 탄성들을 들으리오,

부질없는 소망들과 헛된 고통 속에서
갖가지 방식으로 나는 울고 말하면서,
체험으로 사랑을 아는 이가 그 어디에 있든,
나는 용서만이 아닌, 자비를 빌고 싶소.

그러나 이제는 잘 알고 있다오 오랜 세월
나 뭇사람의 이야깃거리였음을, 그 때문에 종종
나 마음속으로 내 자신을 부끄러워한다오.

그리고 이 부끄러움은 내 헛된 짓의 열매요,
또 속세에서[4] 원하는 만사가 순간의 꿈이라는 것을
분명하게 아는 것과 뉘우치는 것의 열매라오.

---

1) 시집 전체에 대한 서론의 내용을 담고 있는 서시로서 이 소네트는 첫 시어로 독자를 환기시키고 있다. 돈호법적 기교는 바로 이 서시로서의 위치를 더욱 분명히 하는데 이 '여러분'은 7행에서야 '체험으로 사랑을 아는 이'라고 더욱 구체적으로 표현된다.
2) 시집의 여기저기에 흩어져 있다는 느낌과 동시에 시집 전체가 한 몸처럼 유기적이지는 못하다는 의미를 담고 있는 것으로 자신의 작품에 대한 겸손함을 함께 느낄 수 있다.
3) 사랑의 동요로.
4) 지상에서.

2

자신의 멋진 복수를 하기 위해,
또 수천 번 입은 상처를 단 한 번에 갚기 위해,
마치 누군가를 해칠 때와 장소를 기다리는 사람처럼,
몰래 사랑이 다시 활을 쥐었다.[1)]

내 심장이 치명적인 습격을 받았을 때
모든 화살을 헛되게 만들어 버린 것은,
심장과 두 눈을 보호하기 위해
심장 주위에 모여 있던 나의 미덕[2)] 이었다.

그러나, 첫 습격에 상처 입은[3)] 내 미덕은,
필요에 따라 무기[4)] 를 다시 집어 들
여력도 시간도 없었으며,

더욱이 괴로움을 교묘히 피할 수 있는
언덕[5] 에 오르기에는 그 언덕이 너무도 험난하니 오늘
그 괴로움에 대항토록 나를 도우려 하나, 도울 수가 없네.

---

1) 사랑을 받아주지 않는 시인에게 큐피드의 화살을 쏘려고.
2) 이성의 힘.
3) 첫눈에 라우라를 사랑하게 됨.
4) 싸우거나 피할 무기.
5) 이성의 언덕.

3

그날, 창조주에 대한 동정으로
태양이 빛을 잃었던 바로 그날,[1)]
그대의 아름다운 두 눈이 나를 사로잡았으니,
여인이여,[2)] 나는 사랑의 포로가 되어, 정신을 잃고 말았다오.

성스러운 날인지라 밀려오는 사랑의 충격에
몸을 사릴 때가 아니라 느껴져,
믿음으로, 의심 없이 받아들였으니, 이렇게 나의 재난들[3)]은
모두[4)]의 고통 속에 시작되었다오.

사랑 앞에 완전히 무기력한 나에게 사랑이 찾아 들고
또 심장으로 향하는 길은 두 눈으로 활짝 열렸으니,
이 내 두 눈은 눈물의 통로가 되었다오.

하나 그 상태에서 화살[5]로 나를 상처 내고서도,

정작 무장한[6] 당신께는 활조차 보여주지 않은 것은

사랑의 영광스러운 행동은 아니라 생각된다오.

---

1) 그리스도의 수난일. 1327년 4월 6일 성금요일(부활절 직전의 금요일)에 사랑에 빠짐.

2) 라우라(Laura), 페트라르카의 뮤즈.

3) 사랑의 고통.

4) 모든 그리스도인.

5) 큐피드의 화살.

6) 사랑에 무장한. 사랑에 고통스러워하지 않는.

5

사랑이 내 가슴에 새겨놓은 그대,[1]
그 이름을 부르며 내가 한숨지으니,
찬미(*Lau*) 할 때 밖으로 들리기 시작한 것은
달콤한 그대 이름의 첫 글자 소리.

다음으로 내가 만난 것은 여왕(*re*) 같은 그대의 품격이,
지고의 임무를 다하도록 내 힘을 배가시키네,
하나, 마지막 음절(*ta*) 아 침묵하라, 그리고 소리쳐라, 그녀에게
영광을 돌리는 것은 네 어깨보다 더 강한 다른 이의 짐이니.

이처럼 이름 자체가 찬미(*Lau*) 하고 존경(*re*) 하는 것을
표하니, 단 한 사람이 그대를 부른다 해도,
모든 경배와 영광을 바칠 값진 이름이라네,

다만 아(*a*) 폴로가 오만한 인간의 말이
그의 늘 푸른 가지[2] 들을 노래하려 함을
멸시하지 않는다면.

1) 라우라(Laura), 그녀의 이름은 이 시집에서 라우레타(Laureta) 등 다양한 변형으로 암시된다.
2) 아폴로가 사랑한 다프네(Dafne)가 월계수로 변함.

시모네 마르티니(Simone Martini 1284년경~1344), 〈라우라〉(77번 詩 참조)(위)
라우라의 흉상(아래)

Nome

QVando io mouo isospiri a chiamar uoi
el nome che nel cor mi scrisse amore
laudando sincomincia udir di fore
il suon de primi dolci accenti suoi
uostro stato real chencontro poi
raddoppia allalta impresa il mio ualore
ma taci grida il fin che farle honore
e daltri homeri soma che da tuoi
C osi laudare & reuerire insegna
lauoce stessa pur chaltri uichiami
o dogni reuerenza & donor degna
se non che forse apollo si disdegna
cha parlar de suoi sempre uerdi rami
lingua mortal presumptuosa uegna

LAVRETTA

SI trauiato el folle mio desio
a seguitar costei chen fuga e uolta
& de lacci damor leggiera & sciolta
uola dinanzi allento correr mio
che quanto richiamando piu lenuio
per lasecura strada men mascolta
ne miuale spronarlo o dargli uolta
chamor per sua natura ilfa restio
E t poi chel fren per forza a se raccoglie
imi rimango in signoria di lui
che mal mio grado a morte mitrasporta
sol peruenir allauro onde si coglie
acerbo fructo che lepiaghe altrui
gustando afflige piu che non conforta

《칸초니에레》의 5~6번 詩 (1470년 판본)

7

폭식, 수면 그리고 태만한 펜은
세상으로부터 모든 미덕을 추방했고,
이리하여 악습에 굴복한 우리의 천성은
거의 제 길을 벗어나 버렸네,

또한 하늘의 모든 선한 빛이
그렇게 꺼져 버렸고, 이로써
엘리콘[1] 에서 강을 발원하게 하려한 자가
감탄할 만한 것처럼 보이던 인생이 형태를 드러내네.

월계수[2] 의 소망은 무엇이고, 은매화[3] 의 것은 무엇인가?
가엾고 숨김없는 그대 철학[4] 이여,
사람들은 그대가 천한 벌이에 맞다 하네.

그대는 미덕의 길을 감에 단지 몇몇 동무만을 가지리니,
숭고한 영혼인 그대가 그대의 영광된 위업을
포기하지 말기를 나는 간절히 빈다오.

---

1) 그리스 중부의 산. 고대인들에 의해 뮤즈들의 산으로 여겨짐.
2) 아폴로 신에게 성스러운 것.
3) 비너스 신에게 성스러운 것.
4) 여기 학문과 문학에 대한 사랑을 의미.

10

거룩한 콜론나[1]여 그대 안에서만 우리의 희망과
위대한 라틴의 이름[2]이 세워진다오,
폭풍우[3] 때문에 주피터의 분노가
올바른 길에서 벗어나진 않았으니,[4]

이곳은 대저택도, 극장이나 강복식장(降福式場)[5]도 아닌,
초록 풀밭에 전나무, 밤나무, 소나무가 무성하고
가까이는 시를 지으며 오르내리는
아름다운 산이 있는 곳[6]이라오,

이것들은 나의 지성을 땅에서 하늘로 날리는데,
꾀꼬리는 어둠 속에서
밤마다 나지막이 슬피 울고,

사랑에 젖은 사념들로 가득 찬 내 마음은 나를 가득 채우네,
하지만 우리[7] 로부터 멀리 있는, 나의 군주이신 당신이,
많은 행복감을 유일하게 자르고, 또 불완전하게 만드네.

---

1) 페트라르카가 이 시를 바친 로마의 한 명문 가문으로 시인과는 평생토록 각별한 우정관계를 유지함.
2) 이탈리아의 명성과 힘.
3) 콜론나 가문이 연루되었던 로마의 내란을 암시.
4) 1328년 4월 22일 쟈코모 콜론나가 황제 로도비코 일 바바로의 위협 속에서도 로마의 한 광장에서 황제의 부도덕한 입장에 반대하는 유명한 연설을 한다. 얼마 뒤 교황청은 그의 이런 행동을 높이 평가하여 그를 주교에 서임한다.
5) 세 장소가 의미하는 바는 도시의 공간으로 볼 수 있다.
6) 시인이 머물고 있는 곳은 바로 전원의 공간.
7) 시인 자신 외에도 남프랑스의 발키우사 지역의 다른 모든 것들(나무와 언덕들, 꾀꼬리, 밤).

Legato Tassinari

I SONETTI, LE CANZONI, ET I TRIOMPHI DI M. LAVRA IN RISPOSTA DI M. FRANCESCO PETRARCHA PER LE SVE RIME IN VITA, ET DOPO LA MORTE DI LEI

Peruenuti alle mani del Magnifico M. Stephano Colonna, Gentil'huomo Romano, non per l'adietro dati in luce.

CON PRIVILEGIO

A San Luca al segno del Diamante. M. D. LII.

콜론나 (Stefano Colonna ?~135?), 《라우라 생시와 사후에 대한 프란체스코 페트라르카의 화답으로서의 소네트, 칸초네 그리고 승리들 *I sonetti le canzoni et i triomphi di M.Laura in risposta di m. Francesco Petrarcha per le sue rime in vita et dopo la morte di lei*》, 베네치아, A San Luca, 1552 (표지화)

Che colpa è de le stelle,
O de le cose belle?
Meco si stà, chi dì e notte m'affanna,
Poi che del suo piacer mi fe gir graue
La dolce uista, e'l bel guardo soaue.
T utte le cose, di che'l mondo è adorno,
Vscir buone di man del mastro eterno;
Ma me, che così a dentro non discerno,
Abbaglia il bel, che mi si mostra intorno:
E, s'al uero splendor giamai ritorno;
L'occhio non po star fermo;
Così l'ha fatto infermo
Pur la sua propria colpa, e non quel giorno,
Ch'io'l uolsi inuer l'angelica beltade
Nel dolce tempo de la prima etade.

P erche la uita è breue,
E l'ingegno pauenta a l'alta impresa;
Ne di lui, ne di lei molto mi fido:
Ma spero, che sia intesa
Là, dou'io bramo; e là, dou'esser deue
La doglia mia, laqual tacendo i grido.
Occhi leggiadri, dou'Amor fa nido,
A uoi riuolgo il mio debile stile
Pigro da se, ma'l gran piacer lo sprona:
E chi di uoi ragiona,
Tien dal suggetto un'habito gentile;
Che con l'ale amorose
Leuando, il parte d'ogni pensier uile:

E

《칸초니에레》의 70~71번 詩 (1559년 판)

12

만일 내가 인생의 혹독한 고통과 수많은 번뇌들을
이겨 낼 수 있다면, 오랜 세월이 흐른 뒤,
여인이여, 나는 볼 수 있으리,
그대의 아름다운 두 눈빛이 꺼져있는 것[1] 을,

또 황금빛 머리카락이 백발이 되어버린 것을,
또 꽃단장과 초록빛[2] 옷들을 멀리하는 것을,
또 얼굴이 창백해지는 것을, 이는 내 비록 고통 속에 있어도
마음을 드러내려 할 때 나를 두렵고 망설이게 하네.

훗날 마침내 사랑이 내게 큰 용기를 주리니
내가 그대에게 고백하리오 내가 고통스러워한 지가
몇 해였고, 며칠이었으며 또 몇 시간이었는지.

또 비록 시간은 아름다운 열망[3]에 역행한다지만,
그대의 뒤늦은 연민 어린 탄식 몇 가닥도
내 고통[4]을 어루만져 주리라.

---

1) 라우라, 님의 죽음.
2) 꽃과 초록은 젊음의 비유.
3) 사랑.
4) 사랑했기에 평생토록 받았던 고통.

15

나는 이 내 지친 몸을 너무도 힘겹게 이끌며
걸어온 지난날의 걸음걸음을 떠올리다,
그 순간 그대에게서 불어오는 바람에 원기를 얻어[1]
한숨지으며 가던 길을 가네, 아, 힘겨워라!

이윽고 내가 떠나온 달콤한 사랑[2] 을 떠올릴 때,
길은 멀고 내 인생은 짧다는 생각이 밀려드니,
나는 겁이 나고 파리해져 걸음을 멈추고,
두 눈을 땅에 떨구니 눈물이 흘러내리네.

이렇게 구슬픈 눈물이 흘러내리는 중에 의혹 하나가 나를
엄습하네, 이 내 사지가 어떻게 그대의 영혼[3] 과
떨어져 살 수 있을까?

하지만 사랑이여 내게 응답해 주겠니, '이것[4] 은
인간이 따라야 할 모든 법칙들로부터 자유로운,
사랑하는 이들의 특권임을 잊지 말라'고?

---

1) 라우라가 있는 곳으로부터 멀어져 가던 여행 중에 쓴 시로서 힘든 여정에 그녀를 떠올리니 기운이 돌아온다.
2) 원문에는 선(善, *ben*).
3) 라우라.
4) 시간과 공간을 떠나서도 또 영혼과 육체의 관계를 넘어서도 지속될 수 있다는 사랑의 속성을 암시.

16

백발의 창백한 노인이 떠나네
평생을 살아온 정겨운 고향과,
사랑하는 아버지가 멀어져 가는 것을 보며
불안해하는 가족을,

그곳에서 생의 마지막 나날 동안
늙은 몸을 이끌며,
세월에 닳고, 여행에 지쳐 버린 그 몸을
죽기 살기로, 온 힘을 다해 추스르며,

열망대로, 로마에 도착하였네,
저 멀리 하늘 위에서 또 다시 보기를 원하는
그 분의 모습[1]을 찾아서,

그렇듯, 여인이여, 가엾은 나는
너무도 열망했던 그대의 참모습을
최선을 다해, 다른 여인들의 얼굴에서 찾고 있소.[2)]

---

1) 그리스도의 얼굴 이미지(로마의 베드로 성당에 보관되어 있는 베로니카).

2) 처음 3연에서 시인은 백발이 될 때까지 한결 같은 신자의 마음으로 살아온 노인이 천국을 꿈꾸며 로마로의 마지막 순례를 하는 모습을 표현하고 있다. 시적 대전환은 마지막 연에서 이뤄지는데 여기서 시인은 이 순례자의 모습을 주인공 자신이 해 온 한 여인에 대한 사랑의 모습에 비유하고 있다.

17

내 얼굴에 쓰디쓴 눈물이 비오듯 하네
한숨 가득한 고뇌에 찬 바람과 함께,
내가 두 눈을 그대를 향해 돌리게 되었을 때
그대가 바로 내가 세상을 등진 유일한 이유라오.

정말로, 달콤 다정한 미소는
조금씩 내 불타는 열정을 가라앉히고,
나를 고통의 불로부터 피하게 하니,
내가 그대를 골똘히 꼼짝 않고 찬미하게 되네.

하지만 나의 혼령들은 얼어붙고 말았으니
그대가 멀어져 갈 때 내 숙명의 별들을
내게서 거둬들이는 것을 본 뒤였네.

결국 사랑의 열쇠로 자유로워진
그 영혼은 그대를 따르려 가슴속에서 나와
그리고 수많은 근심 속에 그 가슴에서 멀어져 가네.

18

나는 님의 아름다운 얼굴이
빛나던 쪽으로 완전히 돌아섰고,
이후 나를 불태우고 내 안의 모든 것을 녹여 버리는
그 빛은 내 사념 속에 남아 있으니,

나는 찢어지는 내 가슴에 떨며,
내 인생의 종말이 가까이 있음을 알고,
갈 곳도 떠나는 곳도 어딘지 모르는 채
장님처럼 간다, 불빛도 없이.

이렇게, 나는 치명적 공격 앞에서
도망치지만, 내 사랑의 열망이
늘 그렇듯 나를 따를 정도로 빠르진 못하네.

침묵 속에 나는 가니, 절망적인 말들은
사람들을 울리기 때문이라네, 하지만 홀로
내 눈물이 하염없이 흘러내리길 나는 바란다네.

25

그[1]는 사랑에 슬퍼하였네, 그런 사랑으로부터
내 발걸음도 결코 멀지 않았었기에,
고통스럽고 예견치 못한 결과로 그 매듭에서 풀린
그대의 영혼을 바라보면서, 가끔 나도 그와 함께 하였네.

신이 그대의 영혼을 다시 바른 길로 향하게 한 지금,
나는 두 손을 들어 온 마음으로 하늘로 향하며,
인간의 올바른 기도를 자비로 인자하게 들어주신
신께 감사 드린다네.

그리고 그대는 사랑 가득한 삶으로 돌아옴에,
아름다운 열망에 등 돌리게도 고통을 주었을,
웅덩이나 언덕들을 도중에 만났을 터이니,

그것은 그 오솔길이 얼마나 가시밭길인지,

또 인간이 올바른 가치[2]를 향해 올라야 하는 그 언덕길이

얼마나 험하고 힘겨운 것인지를 보여 주기 위함이었네.

---

1) 사모하는 여인으로부터 사랑을 얻지 못하여 실의에 빠져 포기하였던 이가 다시 사랑하는 삶으로 돌아온 사람. 학자들에 의하면 페트라르카의 친구들 중 한 명으로 이해되고 있다.

2) 정신적 완성.

26

나보다 더 행복한 이가 땅에서는 보이지 않네
파도에 부서지고 휩쓸려 온 배에서,
자비를 구하는 표정의 사람들이 해안에 도착해
몸을 낮추어 감사기도 드릴 때에도,

나는 더없이 기뻤네, 밧줄에 묶여 있던 자가
감옥에서 풀려났을 때 기뻐하는 것보다도,
그[1]가 나의 주인[2]과 그토록 오랜 전쟁을 치렀던
그 검을 풀어놓은 것을 내가 보았을 때.

하여 사랑을 시로 찬미하는 그대들 모두,
일찍이 사라진, 사랑표현들의 훌륭한
방적공[3]에게 영광을 바치소서,

왜냐하면 선택된 자들의 왕국에서는 회개한 영혼이
보다 영광되며, 또한 완벽한 다른 아흔 아홉보다
더욱더 칭송 받기 때문이라오.

---

1) 페트라르카의 친구(25번 소네트의 친구와 동일인).
2) 마음의 주인, 즉 사랑.
3) 문인.

31

이 고귀한 영혼[1] 이 떠나네,
때보다 일찍 부름 받아 다른 생으로,
저 위에서 마땅히 환영받을 터이니
하늘의 가장 복된 곳에 살리라.

만일 그녀가 셋째 빛[2] 과 화성 사이에 머문다면,
태양의 모습마저 시들어 버리리,
그녀의 무한한 아름다움을 찬미하며
고귀한 영혼들이 그녀 주위에 흩뿌려졌으리니.

만일 그녀가 넷째 둥지[3] 아래 머문다면,
각 세 별[4] 들은 덜 아름다워 보이리니,
그녀만이 명성과 함성(喊聲) 을 가지리라,

다섯째 원[5]에 그녀가 머물지는 않으리,
하지만 더 높이 날아오른다면, 확신하노니
목성과 함께 다른 모든 별들도 지리라.[6]

---

1) 라우라.
2) 셋째 하늘에 자리한 사랑의 별 금성. 1300년대에는 여전히 프톨레마이오스(2세기 때의 그리스 천문학자)의 '지구중심설'이 널리 받아들여졌던 시기로 별자리의 순서를 지구를 중심으로 달-수성-금성-태양-화성-목성-토성으로 보았음.
3) 하늘.
4) 달, 수성, 금성.
5) 다섯 번째 하늘인 화성으로 전투자들의 별이며, 페트라르카에게 화성은 잔인한 별.
6) 그녀의 아름다운 빛에.

페트라르카, 《승리 *Trionfi*》의 프랑스판 도판 (Pétrarque, *Les Triomphes*, Rouen, 1503년경, 역자 미상, Bernardo Illicino 해설, 파리, 프랑스 국립도서관)

앞과 동일

32

나는 인간의 비참함을 줄여줄
마지막 날이 다가올수록,
더욱더 시간이 빠르고 허무하게 흘러가고,
또 그에 대한 내 희망도 헛되고 소용없음을 아네.

나는 내 사념들에게 말하노니, 결국 우리는 사랑을 노래하며
오래 가지는 못하리, 지치고 고통받는
지상의 육체는 마치 금세 내린 눈처럼
녹아 가기 때문이니라, 여기서[1] 우리는 평화[2]를 얻으리니,

웃음과 통곡, 두려움과 분노를
아주 오래도록 헛되게 했던
희망이 그와 함께 무너질 것이기 때문이며,

그렇게 우리는 인간이 얼마나 자주
의문 가득한 것들을 향해 나아가는지,
또 얼마나 자주 헛되이 희구하는지를 알리라.

1) 육체의 죽음.
2) 영혼의 평화.

34

아폴로여, 만일 네 안에 아직도 테살리아의 바닷가에서
너를 불태우던 그 아름다운 열정[1] 이 살아있다면,
그리고 사랑하는 금발의 여인[2] 을,
시간이 흘러도, 아직 잊지 못하였다면,

혹한에 의한 느림과 거칠고 혹독한 기후로
얼마나 오랫동안 네 얼굴이 감춰졌던가,
처음엔 네가, 후엔 내가 포로가 되었던
명예롭고 성스러운 나무줄기[3] 를 이제 보호하라,

또 참혹한 생활[4] 속에서도 너를 견뎌 내게 한
사랑의 희망에 대한 미덕으로,
이 안개 가득한 대기를 깨끗이 하라,

그리하면 우리 둘[5]은 훗날 경이로운 눈으로
우리의 여인[6]이 그 나무줄기 위에 앉아,
자신의 두 팔[7]로 자기에게 그림자 지게 하는 것을 보리오.

---

1) 사랑.
2) 다프네(Dafne).
3) 월계수(*lauro*, 라우로).
4) 신들의 산인 올림포스로부터 추방되었기에.
5) 아폴로와 시인(시적 주인공).
6) 월계수(*lauro*=Dafne+Laura). 신화에서 다프네가 월계수(라우로)로 변함과 시인의 여인 라우라와 월계수 간의 발음과 의미 관계의 유희(월계수 *lauro*, 라우로→Laura, 라우라).
7) 월계수 잎과 가지.

35

홀로, 생각에 잠겨 텅 빈 들판을
느릿느릿한 걸음으로 거닌다,
인적을 피하고자
경계의 두 눈을 하고서.[1)]

기쁜 기색 하나 없는 내 태도들에서
내 가슴속 불꽃이 어떠한지 알 터이기에,
세인들이 알아차리지 못하게 할
다른 방도를 난 찾지 못하였네,

하여 나는 이렇게 믿는다오. 산과 들
그리고 강과 숲은 타인에게 감춰진 내 인생이
어떠한지 알고 있다고.

그러나 그토록 가혹하고 그토록 험한 길을
나 찾아낼 줄 모르니 사랑은 한결같이
내게 속삭여 주지 않고, 나만 그에게 속삭이네.

---

1) 시인이 아비뇽 시에서의 생활을 정리하고 소르가 강이 발원하는 인적이 없던 발키우사 계곡으로 이사하고 홀로 생활할 때임. 페트라르카가 친구에게 보낸 한 편지에 따르면 시내에서는 세속적인 것들, 특히 가까운 곳에 살던 라우라를 잊기가 너무 힘들었다고 한다.

36

만일 내가 죽음으로써 나를 무너트린 사랑의
사념으로부터 자유로워질 수 있다 믿었더라면,
나는 진작에 내 두 손으로 이 증오스러운 사지와,
사랑의 근심덩어리를 땅에 묻었으리,

하지만 나는 그것이 통곡과 통곡의 통로이고,
또 고통과 고통의 통로일 뿐일까 두려워,
나를 막고 있는 그 고개[1] 이편
생과 사의 중간에 머물러 있다오.

나는 그 무정한 활이 이제 다른 사람의 피로
이미 젖고 물든 마지막 화살을
나에게 쏠 호기라 여긴다네,

하여 나는 사랑에게 그리 해달라 청하네,

그리고 자기 색을 내게 칠해 놓고,[2]

자신에게 날 부르는 것을 잊고 있는 그 귀머거리[3] 에게도.

---

1) 죽음.
2) 죽음의 그림자를 드리워 놓고.
3) 죽음.

39

나는 그 아름다운 두 눈의 공격이 너무나도 두렵다네
그 속에 사랑[1)]과 나의 죽음이 머물고 있기에,
나는 소년이 매질을 피하듯 이들을 피하네,
이렇게 내가 그 눈길을 처음 피했던 후로 오랜 시간이 흘렀네.

이 시간 이후로 내가 오르지 못할 만큼
힘들거나 높은 곳은 없으리,
나를 차디찬 돌로 만들며 나의 모든 감각들을
혼미하게 만들어 버리는 자를 만나지 않으려 한다면.

이러하니 만일 나를 파괴하는 자에게 가까이 가지 않으려는
마음에서 당신을 이토록 늦게 만나러 왔다면,
그 잘못을 아마 용서할 가치가 없지는 않았으리.

덧붙여 말하네, 도망쳤던 곳으로 돌아온 것과,
또 그토록 큰 두려움으로부터 자유로워진 마음은,
내 믿음[2]의 가볍지 않은 증표였다고.

1) 절대 사랑.
2) 그녀(라우라)를 사랑함에 있어서.

40

만일 사랑이나 죽음이 내가 지금 짜고 있는
새 직물[1]에 어떤 방해도 가하지 않는다면,
또 내가 그 집요한 연결 끈[2]으로부터 자유로워진다면,
하나를 진실된 다른 하나와 연결시키는 동안에,

나는 오늘날의 스타일과 옛 말씀 사이에서[3]
매우 양면적인 내 작업을 아마도 해내리,
이에 대해 내가 감히 이야기하는 것은 두려우니,
결국 자네는 로마에서 그에 대한 소리[4]를 들으리.

하지만 나에게 부족한 것이 있다네,
그분, 나의 사랑하는 아버지[5]께서 쌓아 놓으신
성스러운 실[6]들로 내 작품을 끝냄에 있어,

왜 자네는 나를 향해 그토록 꽉 쥔 두 손을 내밀었는가
평소와 달리? 나 자네에게 청하니 그 두 손을 펴게나,
그러면 자네는 고귀한 것들이 흘러나옴을 볼 것이네.

---

1) 작품.
2) 사랑하는 마음.
3) 중세 라틴어와 고대 라틴어.
4) 수신자(친구 쟈코모 콜론나)가 머물고 있는 로마에서 작품에 대한 명성을 듣게 될 것임.
5) 《고백록》의 저자 성 아우구스티누스.
6) 재료. '직물'(1연), '양면적'(2연)인 표현과 함께 작품을 실을 이용해 천을 짜냄에 비유.

카르파치오(Vittore Carpaccio 1465년경~1526), 《聖아우구스티누스의 환영》(1502년, 캔버스에 템페라, 141x210cm, 베네치아, Scuola di San Giorgio degli Schiavoni)

60

오랜 세월 지극히 사랑했던 기품 있는 나무[1]는,
그 아름다운 가지들이 나를 업신여길 때까지
나약한 내 재주[2]를 그대의 그늘에서 꽃 피게 하였고,
또 수많은 고통 속에서도 더욱 강하게 키웠지.

그런 속임수들에 대해 나는 확신을 가지면서,
다정하던 나무가 잔인하게 변한 뒤,
나는 모든 사념들을 한 점으로 모았고,
이 사념들은 항상 자신의 슬픈 상처들을 이야기하였네.

사랑 때문에 한숨짓는 사람은 뭐라 말할 수 있을까?
만일 내 젊은 시절의 시들이 그에게 다른 희망을 주었으나,
이 나무의 변화 때문에 그 희망을 잃어버린다면.

시인은 그 나무로 계관을 하지 않을 것이며, 주피터는
그 나무에 특전을 주지 않을 것이다, 또 태양에게는 분노가
치밀 것이니, 그의 모든 푸른 잎들이 말라 버릴 정도리라.

---

1) 월계수.
2) 시 쓰기.

61

축복이어라, 나를 사로잡았던 그대의 아름다운 두 눈에
내가 정신을 잃었던 그 날, 그 달, 그 해,
그 계절, 그 무렵, 그 시각, 그 순간,
그 아름다운 마을, 그대를 본 바로 그 곳이여,[1)]

또한 축복이어라, 내가 사랑에 빠져
맞았던 그 달콤한 첫 고통이여,
내가 표적이 되었던 화살들 또 그 활,
나의 심장까지 미친 그 고통들이여.

축복이어라, 님의 이름을 부르며
내가 뿌려댄 그 많은 노래들,
탄식들, 눈물들, 그리고 그 절절함이여,

또 축복이어라, 모든 종이 종이들이여[2] 내가
님께 바친 찬미가로 가득했지, 또 다른 이에게는 조금도
곁을 내주지 않은[3] 오직 님만을 향한, 내 모든 사념이여.

---

1) 1327년 4월 6일 성(聖) 금요일 아비뇽 시에 있던 성 키아라 성당에서 라우라를 처음 본 순간.

2) 사랑을 노래한 시구들.

3) 다른 여인에게 전혀 한눈팔지 않고 한결같던 주인공의 생각.

62

하느님 아버지, 심장에 불붙었던
그 집요한 열망[1]을 가슴에 안고,
불행히도 그토록 아름다운 님의 모습들을 떠올리면서,
수많은 낮과, 수많은 밤들을 헛된 생각으로 보낸 뒤,

당신은 제가 다른 삶과 보다 아름다운 일에
정진할 수 있게 해 주는 당신의 자비의 불빛을 기뻐하소서,
그리하여 제게 드리운 그 많은 그물들이 헛된 것이었음을,
나의 지독한 악마[2]가 부끄러워하리오.

나의 주님, 깊어질수록 더욱 잔인해지는
무심한 사랑에 제가 빠져든 지
어느덧 열한 해[3]가 되었습니다.

연민을 가져주소서,[4] 부끄러운 제 고통에,
이끌어주소서, 길 잃은 제 모든 생각들을 보다 값진 곳으로,
상기시키소서, 이들에게 어찌 오늘 당신이 십자가를 졌던지.

---

1) 뜨겁게 불붙은 사랑.

2) 사랑. 무심하고 고통스런 슬픈 사랑의 속성 때문에 악마로 비유함. 81번 소네트(4행)에서는 '나의 적'으로도 표현하고 있음.

3) 이 소네트의 저작시기를 알 수 있는 부분으로 1327년 라우라를 보고 사랑에 빠진 지 11년째 된 1338년임을 알 수 있다.

4) 원문(*Miserere*)은 다른 부분과 달리 흘림체로 쓰여 있음. 많은 연구가들은 이 시어는 라틴시인 웨르질리우스의 다음 시구를 상기시킨다고 본다.
"…*miserere laborum tantorum, miserere animi non digna ferentis*"("그런 시련들을 불쌍히 여기시고, 부당한 불행을 겪고 있는 영혼을 불쌍히 여기소서", *Aeneidos* II, pp. 143~144).

64

만일 그대가 할 수 있어서,[1] 멸시하는 행동들로써,
두 눈을 떨구며, 혹은 머리를 숙임으로써,
혹은 다른 어떤 여인보다 더 도망칠 준비를 해 놓음으로써,
나의 정직하고 값진 기도들을 외면하며,

가끔 사랑이 첫 월계수로부터 많은 가지들을 이식한[2]
내 가슴에서, 혹은 다른 방식들[3]로, 나올 수 있다면
나는 분명히 이야기하리라 이것은
그대의 멸시들에 다음과 같은 마땅한 이유가 있으리라고,

이는 고아한 나무가 척박한 땅에 사는 것이
적합하지 않는 것 같음이며, 또한 원래
그러한 땅에서 멀어짐을 좋아하기 때문이네,

하지만 운명이 비록 그대가 다른 곳[4]에 있는 것을
금하여도, 그대여 보살피소서 적어도
증오스러운 곳에 항상 있지는 않도록.

---

1) 이 시의 6행으로 구문이 이어진다(~나올 수 있다면).
2) 사랑이 배가되다.
3) 1연에서 이야기하지 않은 방식들.
4) 다른 사람의 마음.

74

나는 이미 이런 생각에 지쳐 있다, 어떻게
당신을 향한 나의 사념들이 지치지 않는지,
또 어떻게 그토록 힘겨운 번뇌의 짐을 피하려 함에
내가 아직 생명을 포기하지 않고 있는지,

또 어떻게 내가 항상 생각하는 당신의 얼굴, 머리카락
그리고 아름다운 두 눈을 되풀이하여 노래하였음에도,
지금도 그런 말과 음성이 들리는지
밤낮으로 당신의 이름을 부르며,

또 나의 두 발은 지치지도 또 부러지지도 않는다고
어디에서나 당신의 자취를 따라
그 많은 발길을 헛되이 옮겼음에도,

또 내가 당신에 대한 찬미로 가득 채움에 수많은 종이와 잉크가 쓰인다는, 만일 내가 그것에[1] 실패한다면, 그것은 사랑 때문이지, 분명 예술의 결함 때문은 아니라는 생각에.

1) 당신(라우라)을 찬미함에.

75

그 아름다운 두 눈에 나는 상처 입었으니
그 두 눈만이 치유할 수 있는 상처이지,
약초나, 마법의 힘도, 또는 우리 바다[1] 저 멀리에서 온
보석의 힘이 아니라네,

이들이 내게서 다른 사랑[2] 의 길을 그렇게 잘라 버렸고,
오직 달콤한 생각만이 내 영혼을 달래 줄 수 있으리,
그리고 만일 내 혀가 그 생각을 쫓길 원한다면,
잘못은 혀가 아니라, 그 안내자[3] 일 수 있네.

이들이 바로 그 아름다운 두 눈들이라네
내 주인[4] 의 성공적 증표들을 모든 부분에,
특히 내 가슴속에 새긴 것이,

이들이 바로 그 아름다운 두 눈들이라네
늘 내 마음 한가운데 환한 불꽃들과 함께 자리하는 것이,
때문에 그대들[5] 을 찬미함에 난 지치지 않는다네.

---

1) 지중해.
2) 라우라에 대한 사랑만이 아니라, 다른 여인 또는 다른 모든 것에 대한 사랑.
3) 그 달콤한 생각.
4) 정신적 주인, 즉 사랑.
5) 그 아름다운 두 눈.

76

사랑은 나를 약속들로 유혹하며
옛 감옥[1] 으로 이끄는 듯하더니,
아직도 나를 내 밖에 두고 있는
나의 적[2] 에게 열쇠들[3] 을 주었네.

만일 내가 그들[4] 의 힘 안에 있던 때가 아니었더라면, 지쳐서,
나는 이를 알아차리지 못하였으리, 하나 지금은 몹시 힘겹게
(비록 내가 맹세하며 말하여도 그 누가 믿으리오?)
자유로 돌아오네 한숨지으며.

그리고 마치 진짜 사악한 죄수처럼
나는 내 쇠사슬의 대부분을 끌고 다니며,
또한 그 마음을 나는 두 눈과 머리에 기록하였네.

당신은 나의 색깔을 알아차린 뒤,
말하리라, 만일 내가 잘 보고 올바르게 판단한다면,
그 죄수는 죽음이 얼마 남지 않았었다고.

---

1) 라우라에 대한 옛사랑.
2) 라우라.
3) 감옥의 열쇠.
4) 사랑과 라우라.

77

폴리클레토[1] 와 최고의 명성을 가진 다른 예술가들이
서로 경쟁하면서 주의 깊게 살핀다 하여도,
수천 년 동안 그들은 내 마음을 사로잡은 아름다움의
최소한만큼도 보지 못하리라.

하지만 천국에 있던 한 사람 나의 시몬[2] 은
(그곳에서 이 우아한 여인이 왔네)
거기에서 그녀를 보고, 종이에 그렸으니 그녀의
아름다운 얼굴에 대한 믿음을 이 땅에 전해주려 함이네.

그 작품은 분명코 하늘에서나 상상할 수 있는
부류의 것이었지, 우리가 있는 이곳의 것은 아니었네,
이곳은 영혼에 사지의 베일[3] 을 입히는 곳이네.

그는 친절을 베풀었네, 하지만 그가 더위와 추위[4]를
체험하러 내려와, 그의 두 눈이 인간을 느낀
뒤에는 친절을 베풀 수 없었네.

---

1) 기원전 5세기 때의 그리스 조각가로 인체의 배율 규칙들을 확고히 했다. 중세에는 이를 탁월한 예술가의 전형으로 받아들였다.
2) 이탈리아의 화가 시모네 마르티니(1284년경 이탈리아 시에나 출생~1344년 아비뇽에서 사망).
3) 육체.
4) 천국이 아닌 시상에서나 느낄 수 있는 것.

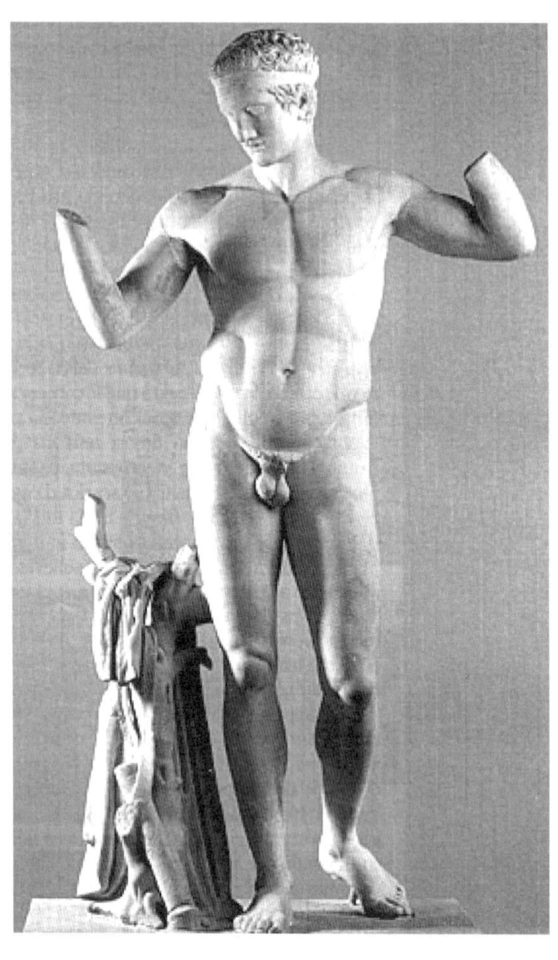

폴리클레토(Policleto 기원전 450~420), 〈나체상〉(기원전 430년경, 그리스 시대 복제품, 대리석, 높이 1.95m, 아테네, 국립고고학 박물관)

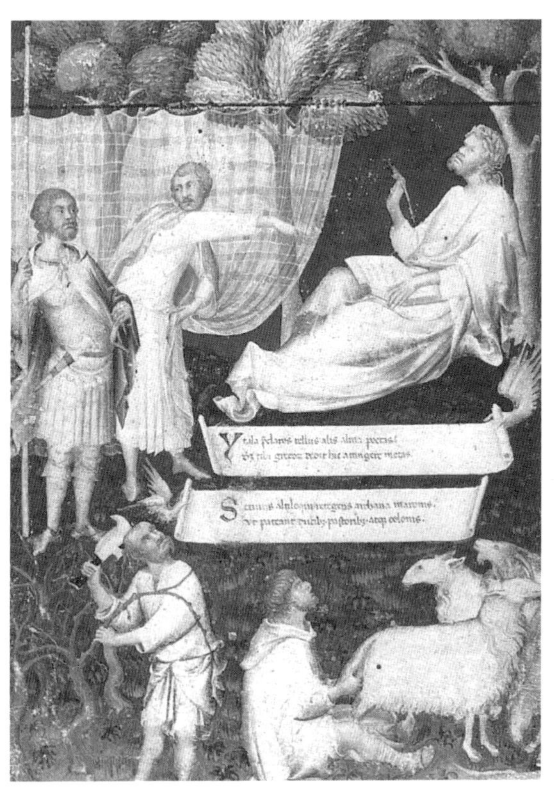

시모네 마르티니(Simone Martini 1284년경~1344), 〈페트라르카의 웨르질리우스〉(1336년경, 수사본의 장식 페이지, 29.5x20cm, 밀라노, Biblioteca Ambrosiana) 이 수사본의 그림은 페트라르카가 1338년 소장하게 되어 대단히 소중하게 다루었던 "웨르질리우스 수사본"의 표지로 이 책에는 웨르질리우스의 3작품인 《목가시》, '농사시'라고도 하는 《전원시》, 그리고 《에네이데》가 수록되었다. 표지화는 1338년 시인이 아비뇽에 왔던 화가 시모네 마르티니에게 부탁하여 화가가 직접 그린 것으로 각 등장인물의 뜻은 다음과 같다. 1.월계수 아래에 앉아 펜과 책을 들고 있는 한 시인. 2.휘장을 들어올리고 있는, 해석가로 그려진 세르비오(Servio). 3.설명을 듣고 있는 대서사시 《에네이데》의 주인공 에네아. 4.《전원시 *Georgiche*》를 상징하는 한 농부. 5.《목가시 *Bucoliche*》를 상징하는 한 양치기.

78

나의 이름으로 시몬의 손에 붓을 들게 해 준
숭고한 영감이 그에게 떠올랐을 때,
그는 그 고귀한 자품에
형상과 함께 음성과 지성[1] 을 주어,

다른 이들은 매우 좋아하는 것을 내게는 천한 것이 되게 하는,
수많은 탄식으로 가득한 내 마음을 가볍게 해 주었네,
그러나 그림 속 그녀는 겸허해 보이며
그 모습 속에서 내게 평화를 약속하네.

하지만 내가 그녀와 이야기하러 올 때,
그녀는 대단히 반갑게 내 말을 들을 것 같네,
그녀가 내 말에 응답할 줄 알았더라면.

피그말리온,[2] 그대는 그대의 초상화에
얼마나 만족할까, 내가 단 한 번만이라도 하고
소망하였던 것을 수천 번이나 가졌으니.

---

1) 응답하고 이해할 수 있는 능력.

2) 키프로스의 왕이었던 그는 전설적인 조각가이기도 하다. 자신이 상아로 만든 아름다운 여인상과 사랑에 빠진 그는 아프로디테에게 이 여인상에 대한 자신의 사랑을 설명하며 간곡히 소원을 비니 이를 측은히 여긴 여신은 그 여인상에게 생명을 불어넣어 주고 마침내 피그말리온은 그녀와의 사랑을 이루게 되어 둘은 결혼한다.

Lib. 10.
PYGMALIONIS EFFIGIES EBVRNEA IN HOMINEM MVTATVR.
Pygmalion statuá captus, precor, hæc mea Coniux
Fiat, ait. Cypris vivere fecit ebur.
Pygmalion ein Bild begehrt
zum Weib, die Venus ihm gewährt.
96

피그말리온의 신화

라그르네(Louis-Jean-François Lagrenée 1725~1805),
《피그말리온과 갈라테아》(1781년, 캔버스에 유화, 58.4x48.3cm, 디트로이트,
The Detroit Institute of Arts)

79

내가 한숨지은 지 열네 번째 해[1]의
중간과 끝이 처음에 화답하면,
산들바람도 그늘도 이제 나를 더 이상 구할 수 없으니,
내 뜨거운 열정이 너무도 커 감을 내가 느끼기 때문이네.

사랑아, 나는 결코 내 사념을 너와 반으로 나누지 않는다,
사랑의 멍에 아래서 나는 지금껏 숨쉬지 못하네,
사랑이 나를 그리 지배하여, 나는 이미 반쪽이 되었으니,
내가 내 잘못[2]을 향해 자주 드리우는 두 눈 때문이네.

이렇게 나는 매일매일 그리워하네,
너무도 은밀하여, 나 혼자만 아는
바라볼 때마다 내 마음을 허무는 그녀를.

겨우 나는 내 영혼을 이곳까지 이끌었으나,
그 영혼이 얼마나 나와 함께 할지 나는 모르네,
죽음은 다가오고, 인생은 쏜살처럼 도망치기에.

---

1) 라우라를 처음 본 지 14년 되었음. 따라서 적어도 작품 속에서 암시하는 이 소네트의 저작연도는 1340년이다.
2) 사랑하게 된 잘못, 라우라.

81

나는 매우 지쳐 있네
내 죄들과 못된 버릇의 오랜 짐에 짓눌려,
나는 두려움에 크게 떨고 있네
중도에 절망할까 또 내 적[1] 의 손아귀에 들어갈까 봐.

위대한 친구[2] 가 잘 내려와 지고의 형언할 수 없는 자비로
나를 자유롭게 해 주었고,
그 후 그는 내 시야 밖으로 날아갔으니,
그를 정신없이 응시했으나 헛된 일이 되었네.

하지만 그분의 음성은 아직도 지상에서 이렇게 울려 퍼지네,
오, 고통받는 그대들이여, 발걸음을 떼어, 내게로 오라,
만일 그대들의 속된 욕망이 그 발걸음을 막지 않는다면.[3]

어떤 자비가, 어떤 사랑이, 혹은 어떤 운명이
내가 쉴 수 있도록, 나를 지상에서 들어올려 줄,
비둘기 깃털[4]을 나에게 베풀어 줄까?

---

1) 사랑. 62번 소네트에서는 '나의 악마'로 표현.
2) 그리스도.
3) 마태복음 11장 28절 참조.
4) 평화와 천사의 날개 같은 것을 암시.

82

나는 당신을 사랑함에 결코 지치지 않았었네,
여인이여, 내가 살아있는 한 지치지 않으리,
하나 강둑[1]에 이른 나 자신을 증오하는 것에,
또 계속되는 눈물에 나는 지친다오,

차라리 곱고 흰[2] 묘비만을 나는 원하오,
당신의 이름이 어떤 대리석에든
내 죽음의 이유로 쓰여진 묘비를, 그 아래에 아직은
영혼과 함께 할 수 있는 내 육체만이 홀로 있으리.[3]

결국, 만일 사랑의 믿음으로 충만한 마음이
이를 싫어하지 않은 채 당신을 만족시킬 수 있다면,
당신은 이제 이 내 마음에 자비 가짐을 기뻐하네.

만일 당신의 멸시가 다른 방식으로 만족하고자 한다면,
그 멸시는 잘못이며, 그가 믿는 대로 되지는 않으리니
면하게 된 죽음에 사랑과 나 자신을 난 매우 고마워하네.

---

1) 극단의 지점.
2) 아무것도 적혀있지 않은 상태.
3) 요점을 표현함.

84

— 두 눈이여, 울어라, 너희들의 잘못[1] 으로
죽음을 버티고 있는 마음과 함께 해 주어라.
— 이렇게 우리는 항상 울고 있으니, 우리의 잘못보다
다른 이[2] 의 잘못을 더 불평함이 마땅하다오.

— 이미 처음에 너희들을 통해 사랑이 들어왔고,
거기, 마음속에서 자기 집에 온 듯 여전히 머물고 있네.
— 내 두 눈은 죽어 가는 마음속에서 나온
그 희망 때문에 사랑에게 마음을 열었네.

— 사정들은, 너희에게 보이는 것처럼, 똑같지는 않으니,
이는 바로 너희들이 라우라를 처음 보았을 때
너희들과 그의 악[3] 에 너무도 열망했기 때문이라네.

— 이제 다른 어떤 것보다 우리를 더욱더 슬프게 하는 것은,
완벽한 판단들은 너무도 희귀하다는 사실과, 타인의
질책은 또 다른 이의 잘못을 통해 얻어진다는 것이네.

1) 라우라를 본 것.
2) 마음.
3) 두 눈과 마음을 괴롭게 한 악, 즉 라우라.

85

나는 한결같이 사랑했고, 지금도 더없이 사랑하오,
또 그 사랑은 하루하루 더 커져만 가니
그 달콤한 곳, 사랑이 내 가슴을 옥죄어 올 때,
수없이 울며 돌아오는 곳이라오.

또한 나는 변함없이 그때, 그 순간을 사랑하오
볼품없는 모든 사념들까지 떠올리면서,
또 그 아름다운 얼굴은 그것을 더욱더
그 보기와 더불어 잘 되도록 하는 마음을 내게 갖게 한다오.

하지만 이전에 그 누구인들 보리라 생각했던가?
내가 몹시도 사랑하는 이 다정한 적들[1]이, 사방에서
모두 함께, 내 마음을 빼앗아 가려는 것을,

사랑아, 너는 지금 크고 큰 힘으로 날 압도해 오는구나!
그러나 내 바람대로 희망이 이뤄지지 않는다면,
나 쓰러져 죽으리요, 살고자 하는 열망이 이리도 큰 때에.

1) 라우라가 다녀간 프로방스 지방의 발키우사, 소르가 강가와 그 때, 그 순간 그리고 그녀의 얼굴.

86

나는 언제나 그 마음의 창[1] 을 증오하리오
그리로 사랑이 나에게 이미 수천의 화살을 쏘았으니,
하나 그들 중 어느 것도 치명적이지 않았음은
생명이 기쁜 반면, 죽음은 아름답기 때문이오.

하지만 지상의 감옥[2] 에 남아 있다는 것은
지쳐 버린, 나에게는 끝없는 불행들 때문이며,
이들이 나와 함께 불멸하리니 나를 더욱 고통스럽게 하네,
내 영혼이 가슴에서 자유롭지 못한 뒤로.

불쌍한 영혼은, 오랜 체험으로
이제는 알리라 시간을 되돌릴 사람도,
혹은 멈추게 할 사람도 없다는 것을.

나는 이를 다음과 같은 말들로 수없이 경고하였지,
떠나라, 고뇌에 찬 영혼아, 너무 일찍 가는 것이 아니니
자신의 가장 행복한 날들을 뒤로한 자라면.

1) 라우라의 두 눈.
2) 육체.

88

나의 희망이 실현되기에는 너무 늦고,
또 인생길은 너무도 짧으니,
말 탄 기사보다 더 빨리 도망쳐 돌아오기 위해,
나는 이를 먼저 깨닫고 싶네,

나는 그렇게 힘없이 절뚝거려도 마음으로
도망치며, 상처 입은 마음속에서 열망이 나를 뒤틀리게 하네,
비록 사랑의 충돌로 생긴 상처 자국들이
내 얼굴에 나 있어도 이제는 안전하네.

이에 나는 충고하노니, 사랑을 향해 걷고 있는 그대들이여,
발길을 돌려라, 또 사랑이 불을 붙인 그대들이여,
그 사랑의 열기가 마지막에 이르기를 기다리지 말라,

나 아직 살아 있어도 천에 단 한 명도 피하지 못하였으니,[1]
나의 적은 너무도 강했다네,
그러나 나는 보았네 그녀도 심장 한가운데에 상처 입은 것을.

1) 죽음을 피한 자는 없다.

89

감옥을 도망쳐 나온 뒤, 사랑이 오랜 세월 동안 나를
자신의 뜻대로 부리며 붙잡아 두었던 그 감옥을,
나의 여인들아, 새로운 자유가 나를 얼마나 힘들게 하는지
그대들에게 모두 이야기하기엔 너무 길다오.

홀로[1]는 단 하루도 살 수 없다고 마음이
내게 말하였네, 그리고 도망치는 길에는
나보다 훨씬 현자라도 속일 수 있을 만큼 매우
거짓된 모습을 한 그 배신자[2]가 나에게 나타나곤 했다네.

그것 때문에 여러 차례 과거를 한숨지으며
나는 이렇게 말했지, 아, 그 멍에, 그 쇠사슬, 그 족쇄가
자유로운 걸음보다 차라리 훨씬 더 달콤하였다고.

불쌍한 나, 나는 늦게서야 나의 악[3] 을 알았다네,
그러니 나는 내 자신이 저질렀던, 그 잘못[4] 을
오늘도 얼마나 힘겹게 풀어가고 있는가!

---

1) 사랑 없이.
2) 사랑.
3) 사랑의 속임수.
4) 자유를 얻은 것.

90

수천 개의 어여쁜 매듭으로 단장된 머리칼을 감싸던
산들바람에 금발이 흩어지고,
또 한없이 매혹적인 불꽃이 타오르던
그 아름다운 두 눈은 이제 꺼져 버렸네.[1)]

또 정말인지 혹은 거짓인지[2)] 몰라도
얼굴에는 인자한 빛이 가득해 보였네.
내 가슴엔 사랑의 먹이가 가득했었는데,
순간에 타버렸다면 무슨 기적인가?

님의 걸음걸이는 세인의 것이 아닌,
천상의 것[3)] 이었고, 또 그 말소리는
보통 사람의 음성과는 달리 들렸었지.

내가 보았던 그대는 천상의 영혼이요,
뜨거운 태양이었으니, 비록 지금은 그렇지 않다 해도,
활시위가 늦춰지는 것으로 상처가 아물지는 않으리.[4)]

---

1) 라우라의 죽음.
2) 착각인지.
3) 천상의 영혼이 갖는 것.
4) 당겨진 활시위가 늦춰진다고 하여도 이미 날린 화살로 생긴 상처는 치유되지 않는다.

92

울어라, 여인들이여, 울어라 그대들과 함께 사랑이여,
울어라, 연인들이여, 마을마다,
살아서, 세상의 그대들에게 영광을 주고자,
온 힘을 다해 전념했던 그가 죽었으니.[1)]

나는 내 쓰라린 고통에 청하노라,
이 내 눈물들을 가로막지 말라고,
또 가슴속 모든 것을 털어 내는 데 필요한,
나의 많은 탄성을 너그러이 봐 달라고.

울어라 시들아 더욱더, 울어라 시구들아,
우리의 사랑 시인 치노 선생이
얼마 전 우리 곁을 영원히 떠났으니.

울어라 피스토이아[2]여, 사악한 동향인들[3]이
그토록 다정했던 이웃[4]을 잃게 했으니,
그러니 그가 간 곳, 하늘나라는 즐겁구나.

---

1) 법학자. 단테와 페트라르카에 의해 칭송받은 시인 치노는 주로 '사랑의 시'로 유명하다. 페트라르카는 그의 죽음에 이 소네트를 헌사하고 있다.

2) 피렌체 북쪽 약 35킬로미터 지점에 위치한 이탈리아 중부의 작은 도시명으로 치노가 태어난 곳.

3) 흑당파에 속한 치노는 젊은 시절 흑당과 백당 사이의 권력투쟁의 정치싸움에 휘말려 고향사람들에 의해 추방당하였다.

4) 치노.

CINO DA PISTOIA

RIME
DI
M. CINO DA PISTOIA
E
D'ALTRI DEL SECOLO XIV
ORDINATE
DA G. CARDUCCI

FIRENZE,
G. BARBÈRA, EDITORE.
1862.

크리스티아니(Giovanni di Bartolomeo Cristiani 1385~?), 〈단테, 치노 다 피스토이아, 페트라르카〉(프레스코의 일부, 베네치아, San Domenico 예배당)(위)
치노 다 피스토이아, 《詩 *Rime*》(1862년 판)(아래)

치노의 〈추모상〉(1337년, 베네치아, 聖제노 성당 Cattedrale di S. Zeno)

93

벌써 여러 번 사랑이 내게 이렇게 말하였네, 써라,
써라 네가 본 것을 황금문자로,
마치 내가 내 추종자들을 창백하게 만들고,
동시에 그들을 죽이기도 또 살리기도 하는 것처럼.

한때 너는 네 자신이 연인들에게 퍼져간
유명한 본보기라고 느꼈고,
그 후 내 손으로 네게서 다른 일[1]을 빼앗았지,
하지만 너는 도망치고 나는 너를 이미 쫓고 있었다오.

또 만일 아름다운 두 눈[2]은, 그리로 내가 네게 나타났던
그리고 바로 나의 달콤한 둥지였던 그 눈은
내가 그 많은 딱딱한 껍질을 네 마음으로부터 부쉈을 때,

나에게 모든 것을 가를 수 있는 활이 되어 준다네,
아마도 너는 영원히 마르지 않은 얼굴을 갖게 되리니,
내가 눈물을 먹고 살기 때문이며, 너는 그것을 알고 있지.

1) 사랑의 시를 쓰는 것 이외의 다른 유형의 문학활동, 작업.
2) 라우라의 두 눈.

94

님의 모습이 두 눈을 통해 마음 깊은 곳에 다다르니,
다른 모든 모습들은 거기서 사라지고,
또한 영혼이 주는 미덕들[1] 이
육체를 떠나니, 거의 생기 없는 짐이 되고 마네.

그리고 이러한 첫 번째 기적에서 두 번째가
가끔 생겨나니, 이는 소멸된 부분[2] 이
그 자신의 원래 자리로부터 도망치면서
복수하고 또 그 유배를 즐기며 님의 몸에 모임이네.

이로부터 두 얼굴[3] 에 죽은 빛이 나타나니,
이는 그 얼굴들에 생기를 주던 힘이
이전에 머물렀던 두 쪽 어디에도 자리하지 않음이네.

그리고 그날 이러한 현상이 내게 떠올랐으니,
그것은 두 연인의 안색이 변하는 것과,
내가 보통의 얼굴표정을 하고 있는 것을 나는 보았네.

---

1) 삶의 열정들.
2) 3행의 미덕들.
3) 사랑하는 남자와 사랑 받는 여자.

95

그렇게 나는 내 사념들을 시행 속에
잘 담을 수 있었을 텐데, 마치 가슴속에 가둬 두고 있듯이,
세상에 이처럼 잔인한 영혼은 없었으니
나는 자비를 구해 고통받지 않게 하고팠네.

하지만 그대들, 복된 눈들이여, 그리로 나는 그런 몸[1] 을
갖게 되었네, 그곳엔 투구도 방패도 소용이 없었네,
비록 내 고통이 탄식 속에 모두 토로되지 않더라도
그대들은 외부에서도 내부에서도 맨몸인 나를 보네.

그대들의 눈길은 내 안에서 빛나고,
이는 마치 유리를 통과하여 햇살이 침투하듯 하니,
결국 내가 말하지 않아도 내 열망은 충분하리.

불행토다, 마리아[2] 에게도, 베드로[3] 에게도 믿음은
해롭지 않거늘, 단지 내게만 적이니,
나는 그대들[4] 뿐 다른 누구도 나를 이해하지 못함을 아네.

1) 사랑에 빠지게 되는 인간의 육체.
2) 성녀 마리아 막달레나.
3) 사도 베드로.
4) 두 눈.

107

나는 도망칠 수 있는 곳을 결국 찾지 못하네,
그 아름다운 두 눈이 나를 그토록 오랜 고통에 빠트리고 있어,
나는 떨고 있네, 하지만 그 큰 고통은
잠시도 휴식을 취하지 못한 내 심장을 부수지 못하네.

도망치고 싶다, 하지만 그 사랑의 눈빛은,
밤낮으로 내 머릿속에 있네,
어찌나 빛나는지, 열다섯 번째 되는 해인 지금
첫날보다 훨씬 더 나를 현혹하네,

그리고 내가 향할 수 없는 사랑의 눈빛 이미지는
어디든 흩어져 있는데, 어느 곳에서도
나는 이 눈빛 혹은 이로 밝혀진 다른 빛을 볼 수 없네.

단 한 그루의 월계수가 그 숲을 푸르게 만들고
그곳에서 나뭇가지들 사이로 떠도는 나의 적[1] 이
감탄할 기교로 원하는 곳 어디든 나를 이끄네.

1) 사랑.

111

사랑의 아름다운 사념들 사이에 묻혀
나 홀로 앉아 있는 바로 그곳에,
내 마음을 얼굴에 담고 다니는[1] 여인이 나타났으니,
나는 창백해진 이마를 낮게 숙여 인사하였네.

나의 상태[2]를 알아차리자마자 그녀는,
너무도 새로운 빛깔로 나에게 향하였으니
극도로 성난 주피터로부터 손에 든 무기[3]를
떼어 내고 분노를 소멸시킬 정도였네.

나는 온몸에 전율을 느꼈고, 그녀는 인사하며
지나갔으니, 나는 그녀의 인사말에도, 두 눈에서
흐르는 달콤한 불빛에도 어쩔 줄을 몰랐네.

지금 나는 너무도 다른 기쁨들로
충만해 있네, 나는 그녀의 인사를 다시 떠올리며,
그 후로는 고통을 느낀 적이 없고, 지금도 느끼지 않기에.

---

1) 그녀의 얼굴 빛에 따라 내 마음이 변하니.
2) 안색이 창백해진 이유.
3) 번개.

118

내 탄식의 열여섯 해가 지났고,[1]
나는 내 인생의 마지막 해를 향해
앞으로 나아가는데, 내 그 큰 고통이
시작된 것이 조금 전 일만 같네.

그 고통은 내게 달콤하고, 또 내 상처는 값지네,
그러나 인생은 힘에 겨우니, 나는 내 인생이 악운을
이겨 내기를 기원하네, 하지만 동시에 나는 죽음의 여신이
내게 시를 쓰게 하는 그 두 눈을 먼저 눈감게 할까 두렵네.

지금 나는 여기에 있으나, 다른 곳에 있고 싶고,
또 보다 더 원하고 싶으나, 더 이상은 원하지 않으며,
더는 할 수 없도록 모든 노력을 하네,[2]

옛 열망에서 나온 새로운 눈물들이
내가 지난날의 나와 항상 같음을 절감케 하니,
수천 번의 시도에도 나는 아직 변하지 않았네.

---

1) 1327년 4월 6일 라우라를 처음 본 뒤 16년째 된 기념일, 즉 1343년 4월 6일.
2) 이 사랑으로부터 자유로워지지 않으려고 최선을 다하네.

122

내가 처음 사랑에 빠지고 단 한 번도 그 불길이 꺼지지 않은 채
하늘이 벌써 열 일곱 해[1] 나 바뀌었네,
하지만 나의 이 상태를 회상하게 될 때면,
나는 불덩어리 한가운데서 얼음을 느끼네.

속담이 맞네, 사람은 털을 바꾸지
버릇이 아니라고, 감각들이 약해져도
인간들의 욕심들은 약해지지 않는다고,
이것은 무거운 베일의 나쁜 그림자를 만드네.

아, 가엾어라, 나의 세월들이 줄달음 치는 것을 고려하며,
그 불로부터, 또 그리고 그토록 오랜 고통들로부터
자유로워질 그날이 언제일까?

나는 언젠가 그날을 맞으리 이 내 두 눈이 좋아하는
그 아름답고 사랑스러운 얼굴의 달콤한 모습을
원하는 만큼만이라도 볼 날을, 그런데 얼마큼이면 될까?

---

1) 1327년 4월 6일 라우라를 처음보고 사랑하게 된 17주년, 즉 1344년 4월 6일.

123

그 아름다운 창백한 기운은 그녀의 부드러운 미소를
사랑 담긴 안개로 덮었음이고,
그녀의 얼굴을 보고자 하는 내 마음에
기쁨이 가득하니 내 얼굴까지 물들이네.

그때 나는 알았네 천국에서는 어떻게 하나가
다른 하나를 이해하는지, 다른 사람은 알고 있지 못한
그 자비로운 생각[1] 이 그런 방식으로 표현되는 것을,
하지만 나는 그것을 알았고, 다른 곳에 눈길을 주지 않네.

이미 지금까지 사랑 받았던 모든 여인들이 보여 준
어떤 천사 같은 모습도, 어떤 겸손한 자태도,
내가 말하고 있는 것과 비교하는 것은 모욕이 되리라.

그 아름답고 기품 있는 시선을 땅에 떨구고,
침묵으로 말하였으니, 나에게는 이러한 듯하였네,
'누가 내게서 내 충실한 친구를 떠나보내려 하는가?'

---

1) 그녀의 얼굴이 창백해진 이유.

132

만일 사랑이 아니라면, 내가 지금 느끼는 것은 무엇인가?
그것이 사랑이라면, 주여, 그것은 무엇이고 어떤 것입니까?
선한 것이라면, 치명적 고통은 어디서 오는 것인가?
악한 것이라면, 고통마다 그토록 달콤한 것은 어디서 오는가?

만일 내 바람대로라면, 눈물과 탄식은 어디서 오는 것인가?
만일 내 바람과 반대되는 것이라면, 한탄한들 무엇하리오?
오, 생기 가득한 죽음이여, 오, 기쁨 가득한 고통이여,[1)]
내가 받아들이지 않으면, 내게 어찌할 수 있을까?

그러나 내가 받아들이면, 난 이유 없이[2)] 고통을 느끼리.
역풍 속 힘없는 배에 몸을 실은[3)] 나는
조타기도 없이 깊은 바다 위에 떠 있으니,

지혜로움은 줄어가고, 실수만 가득 채워지고[4)]
나 자신도 내가 원하는 바를 알지 못하니,
결국 겨울에는 뜨겁고, 한여름에는 떨고 있네.

---

1) 강력한 모순어법으로 표현된 '생기 있는 죽음'이자 '기쁜 고통'은 바로 사랑의 속성을 말하고 있다.
2) 사랑을 받아들일 뿐 아무런 해를 가하지 않아도.
3) 인생을 항해에 비유.
4) 배에 채워진다.

133

사랑은 나에게 화살의 표적과 같고,
태양 아래 흰 눈과 같으며, 불꽃 옆 밀랍과 같고,
또 바람 앞의 안개와 같네, 여인이여, 자비를 간절히 외치다,
이미 난 목이 쉬었다오, 그러나 그 외침이 그대에겐 닿지 않네.

그대의 두 눈에서는 치명적 공격이 나오고,
이에 대항할 시간도 장소도 나에겐 여의찮네, 이 모든 것이
그대에게서만 기인하니, 그대에겐 한낱 장난 같아라,
나의 이런 상태[1]는 태양과 불꽃 그리고 바람 때문이라오.

이 모든 사념들은 화살이요, 또 그 얼굴은 태양이며,
그리고 그 열정은 불꽃이라, 이 모든 무기들과 함께
사랑이 나를 찌르고, 나를 눈부시게 하며 그리고 나를 부수네,

나로서는 감당해낼 수 없는 그대의 달콤한 호흡이 담긴,
천사의 노래와 이야기들은,
나의 인생을 날려 보내는 산들바람[2] 이라네.

---

1) 제 1연의 표적 · 눈 · 밀랍같이 나약한 상태.

2) 원문의 l'aura는 바람이란 뜻. 하지만 이 시어는 페트라르카가 여러 곳에서 보여주듯이 시적 여인 라우라(Laura)를 암시하는데 이는 두 단어의 발음의 일치함, 즉 '라우라'를 이용한 것이다.

134

나는 평화를 얻지 못하였으나, 싸울 무기도 없으며,
떨고 있으나 희망을 품고, 또 불타 오르나 얼음이 되네,
하늘을 날기도 하지만, 땅바닥에 곤두박질치기도 하고,
아무것도 붙잡지 못하지만, 온 세상을 두 팔로 끌어안네.

사랑은 나를 감옥에 가두고, 열어주지도 꽉 닫아주지도 않고,
또 나를 자신의 포로로 잡지도, 끈을 풀어주지도 않네,[1]
사랑은 나를 죽이지도 않으나, 쇠고랑을 풀어주지도 않네,
내가 살기도 원치 않고, 또 나를 곤경에서 구하지도 않네.

나는 두 눈이 없이도 보며, 또 혀는 침묵하나 절규하네,
또 나는 죽기를 열망하나, 도움을 청하고,
또 나는 내 자신을 증오하나, 타인을 사랑한다오.

나는 고통을 먹고, 울면서 웃는다,
하니 죽음과 생명이 내게는 똑같이 기쁘지 않네,
여인이여, 당신 때문에, 나는 이 처지에 있다오.[2]

---

1) 사랑으로부터 자유롭게 해주지 않는다.
2) 이 소네트는 다양한 모순된 시어의 대조를 통해 사랑에 빠진 자의 모든 심정을 잘 노래하고 있다.

136

불덩어리가 하늘에서 네 머리 위로 쏟아지리,
수많은 악한 짓을 즐기니 말이다.[1] 악한이여,
강물로 목을 축이고 도토리로 허기를 채우던 때부터[2]
사람들을 가난에 처넣으며 너는 부귀와 권세를 누리는구나.

배신의 둥지에 숨어 오늘도
온 세상으로 퍼트릴 온갖 악덕을 준비하고 있네,
하녀와 강론[3] 그리고 음식들,
그 중엔 마지막 단계[4]인 음란한 짓도 있구나.

네 방들[5]에서는 늙은이들[6]이 소녀들과
욕정을 불태우고, 악마[7]는 그 사이에서
정욕의 불길에 풀무질을 하며 이들을 거울로 비추네.

그 시절 너는 그늘에서 깃털에 싸여 키워진 것이 아니라,
맨몸으로 바람을 맞고, 맨발로 가시덤불들 사이를 걸었지,
난 지금 네 죄악의 악취가 하늘까지 닿았으면 하고 바란다.

---

1) 아비뇽의 교황청에 대한 표현.
2) 인간의 삶이 그토록 힘들던 그 옛 시절부터.
3) 교회에서 제 의식을 행할 때의 설법 등의 강론.
4) 최고의 악덕.
5) 고위 성직자들의 방들.
6) 고위 성직자들.
7) 사랑.

138

고통의 샘, 분노의 주거지,
죄악의 교습소이며 이단의 신전,
과거의 로마요, 지금은 위선과 악의 바빌로니아,[1)]
이 때문에 모두 한없이 울고 한숨짓네,

아 거짓들의 온상인가, 아니면 선이 죽고,
또 악이 양분을 얻어 피어나는 무서운 감옥인가,
살아 있는 자들의 지옥이니, 만일 그리스도가 결국 네게
노하지 않는다면 그것은 엄청난 기적이리라.

정직하고 소박한 가난의 샘,
너를 창설한 자들[2)]에 대항하여 뿔들을 세우니,
뻔뻔스러운 매춘부라, 너는 도대체 어디에 희망이 있느냐?

너의 불륜관계에? 잘못 만들어 낸 엄청난 재산에 있느냐?
이제 콘스탄티누스[3]는 돌아오지 않는다,
하지만 그를 붙들고 있는 슬픈 세계[4]를 떼어 내리라.

1) 강력한 성직계급에 의해 지배되던 역사 속의 바빌론. 이 곳에서는 교황청이 있던 아비뇽을 의미. 아비뇽 유수(1308~1377년). 따라서 이 시에서의 '너'는 교황청을 암시.
2) 예수와 그 사도들.
3) 서기 약 280~332년까지 살았던 로마의 황제로, 특히 313년에 밀라노 칙령으로 기독교를 공인하였음.
4) 지옥.

145

나를 태양이 꽃과 풀잎들을 태우는 곳에 두어도,
혹은 그곳이 얼음과 눈을 이기는 곳이라도,
나를 태양의 수레바퀴가 온화한 곳에 두어도, 또 그곳이
그 바퀴를 돌려주거나,[1] 보관하는 자가 있는 곳[2] 이라도,

나를 비천한 상태나, 풍요로운 상태에 둘지라도,
달콤하고 맑은 날이나, 음울하고 혹독한 날에 두든,
나를 밤이나, 혹은 하루 해가 길 때든 짧을 때[3] 두든,
나이가 들어서나 젊어서라도,

나를 하늘이나 땅, 혹은 심해에 두든,
높은 산이나, 낮고 습한 계곡이나,
영혼이 자유롭든 혹은 사지에 묶여 있든,

나에게 어두운 명성을 주든, 혹은 찬란한 명성을 주든
나는 미래에도 과거처럼, 살아온 대로 그렇게 살아가리라,
지난 십오 년[4] 처럼 계속 탄식을 자아내면서.

1) 동쪽.
2) 서쪽.
3) 여름과 겨울.
4) 1327년 라우라를 처음 본 뒤.

156

나는 보았지, 지상에서 천사의 자태를
그리고 세상에 유일한 천상의 아름다움도,
이것들을 기억하는 것은 기쁘고도 괴로우니, 이는 내가
보는 것 모두가 꿈이요, 그림자이며 연기[1] 같아서이다.

또 보았지, 수천 번이나 태양의 질투를 샀던[2]
그대의 아름다운 두 눈이 눈물 흘리는 것을,
또 들었지, 한숨지으며 하던 말들을
산들을 움직이고 강물을 멈추게 했던 그 말들을.

사랑, 지혜, 가치, 자비 그리고 고통[3]이
우리가 세상에서 늘 듣던 다른 어떤 것보다도 훨씬
감동적이면서 달콤한 조화를 이루었고,

또한 하늘은 그 조화로움에 너무도 잘 어울려,
나뭇가지의 잎새마저 미동도 없어 보였으니,
달콤한 공기와 바람으로 꽉 차 있었다오.

---

1) 꿈, 그림자, 연기는 내용이 없는 헛된 것.
2) 태양보다 더 빛날 정도의 아름다운 눈.
3) 원문에는 모두 첫 자를 대문자로 표기하고 있는데 개인의 평가차원이 아닌 절대적 차원의 것을 의미한다(*Amor, Senno, Valor, Pietate et Doglia*).

157

한결같이 고통스럽고 영예로운 그날
내 가슴에 그녀의 생생한 인상이 강렬하게 새겨졌으니
내 모든 재주나 스타일[1] 은 단지 그 모습을 묘사할 뿐,
하지만 종종 나는 기억 속의 그날을 떠올리네.

고귀한 자비가 깃든 아름다운 행동과,
내가 듣던 달콤하나 쓰디쓴 탄식은,
그녀가 인간인지 혹은 주변 하늘을 맑게 빛내 주던
여신인지 의문을 갖게 했었네.

금빛 머리, 따뜻한 눈[2] 빛 얼굴,
에바노[3] 빛 눈썹, 그리고 눈은 두 개의 별과 같았으니,
이 두 눈을 통해 사랑은 자신의 활이 헛되지 않게 했네,

진주빛[4] 과 진분홍빛,[5] 그곳에 모아진
고통은 뜨거우나 아름다운 음성을 만들어 내었고,
이제 모든 탄식과 수정 같은 눈물을 불태우네.

---

1) 시 쓰기와 시의 형식.
2) '따뜻한'에서 온기, 즉 생기를 느끼므로 이제 막 내린 흰 눈.
3) 대단히 단단하고 검은 빛깔의 나무로, 이탈리아 문학에서는 '아주 검은 색'을 표현하고자 할 때 자주 쓰인다. 악기 클라리넷을 만드는 데 쓰인다.
4) 치아.
5) 두 입술.

159

하늘 어느 편에, 어느 이상계[1]에 대자연이
그녀의 얼굴을 떼 낸 절대 모델이 있었는가?
그 속에서 대자연은 하늘에서 할 수 있었던 것만큼
지상에서도 보여 주려 했던 모델이.

연못의 어느 요정이, 숲 속의 어느 여신이,
그토록 빛나는 황금빛 머리칼을 바람에 흐트러트렸던가?
언제 가슴속에 그토록 많은 미덕을 모았는가?
비록 그 미덕의 합이 내 죽음의 사유라 하여도.

성스러운 아름다움을 다른 곳에서 찾고자 하는 것은
헛된 노력이라, 그녀가 그토록 아름답게 굴리던
그녀의 두 눈을 일찍이 본 적이 없는 사람은,

그녀가 얼마나 달콤하게 호흡하고, 얼마나 다정하게 말하며,
또 얼마나 사랑스럽게 웃는지 모르는 사람은,
사랑이 어떻게 치료하고, 또 어떻게 죽이는지 모른다네.

1) 플라톤의 이데아.

160

사랑과 나는 경이로움으로 너무도 충만하여
마치 불가사의한 것들을 처음 본 사람처럼,
그녀[1] 가 이야기하거나 미소지을 때
자신뿐 그 누구도 닮지 않은 그녀를 응시하네.

차분하고 맑디맑은 눈썹 사이로
내 믿음의 두 별이 눈부시게 빛나네,
다른 어떤 불빛도 기품 있게 사랑하길 원하는 이의
감정을 불지르고 안내도 해 주는 것은 없다네.

기적이로다! 수많은 풀들 사이에
피어 있는 단 한 떨기 꽃을 찾았을 때, 혹은 그녀가
하얀 가슴으로 파란 수풀을 누를 때를 보는 것[2] 은.

얼마나 달콤한가! 봄날
사념에 빠진 채 빛나는 금발로 화관을 짜면서
홀로 걸어가는 그녀를 보는 것은.

---

1) 라우라.

2) 천상의 여인과 같은 느낌의 흰 옷을 입은 라우라가 햇살 가득한 파란 들판에서 평화롭게 꽃과 풀잎들 사이를 거니는 아름다운 모습을 보는 것.

161

아, 흩뿌려진 걸음들, 아, 방황하고 예민한 사념들,
아, 집요한 기억, 아, 강렬한 열정,
아, 강력한 바람, 아, 나약한 마음,
아, 나의 두 눈은 이미 본 눈이 아니라, 샘이라네!

아, 작은 가지들, 유명한 이마의 명예라,[1)]
아, 두 값진 것[2)]에 대한 유일한 표시여라!
아, 힘겨운 삶이여, 아, 달콤한 실수여,
그대들이 나를 산과 구릉을 찾아 걷게 하네!

아, 아름다운 얼굴, 여기에 사랑은 박차와 고삐를
모두 가지고 있어 이들로 나를 자극하고
자신이 좋아하는 대로 이끄니, 저항해도 소용이 없네!

아, 우아하고 사랑스런 영혼들이여, 그대들[3] 중
누구라도 아직 이 세상에 있다면, 또 맨그림자[4] 요
먼지인 그대들이여, 제발 멈추어 내 죄가 무엇인지 보라.

---

1) 월계수의 가지들과 라우라의 앞 머리카락의 비유 속에서 이뤄진 중의적 표현.
2) 월계관은 최고의 시인과 영웅에게 주어졌음.
3) 사랑에 빠진 영혼.
4) 육체가 없어 손으로 잡히지 않는 영혼, 즉 죽은 자.

164

하늘과 땅과 바람이 침묵하고
맹수들과 새들이 잠든 이때,
밤하늘엔 별마차가 이리 저리 수놓고
또 파도 없는 바다는 제 침대에 누워 기쁘구나,

뜬눈으로, 생각하며, 열정을 태우다 나는 눈물 흘리네,
나를 애태우는 자는 내 단 괴로움에 항상 내 앞에 있으니
나는 분노와 고통으로 가득한 괴로움에 싸여 있으나,
그녀[1)]를 생각할 때만 나는 조금이나마 평화롭네.

이렇게 내가 취하는 단맛과 쓴맛이
맑고 생기 있는 하나의 샘에서 나오며,
하나의 손만이 나를 회복시키고 또 상처를 주네,

또 나의 고통이 끝나지 않았기에,
나는 하루에도 수천 번 죽고 또 수천 번 태어나네,
내가 구원으로부터 너무 멀리 있으니.

---

1) 6행의 '나를 애태우는 자'이며 결국 라우라.

165

새하얀 발이 싱싱한 풀들 사이로
부드러운 발걸음을 우아하게 옮길 때,
주위의 꽃들을 피우고 또 생기를 주는 미덕이,
부드러운 발바닥에서 생겨나는 듯하네.

기품 있는 마음만을 사로잡는 사랑은
다른 마음에 그 힘을 쓰려 하지 않고,
아름다운 두 눈을 통해 그리도 뜨거운 기쁨을 쏟아 내니
나는 다른 것에 마음 두지도 다른 유혹을 꿈꾸지도 않네.

또한 걸음새와 부드러운 시선은
너무도 다정한 말씨와 온순하고, 겸손하며
품위 있는 자태가 서로 조화롭네.

이 네[1] 불씨로부터, 이들로부터만은 아니나,
내가 살기도 하고 또 애태우는 거대한 불이 생겨나니,
내가 태양 아래의 한 마리 밤새처럼 어찌할 줄 모르네.[2]

---

1) 제3연의 '걸음새', '시선', '말씨' 그리고 '자태'.
2) 한 마리 밤새가 강한 햇볕 아래에서 당황하듯 주인공은 라우라의 아름다운 앞에서 어쩔 줄 모른다.

168

사랑이 나에게 우리 둘[1] 사이에
오랜 믿음이 있다는 달콤한 생각을 보내,
나를 위로하며 이야기하네
내가 열망하고 소망하는 것에 전에 없이 호의적이라고.

때로는 거짓이었고 때로는 진실이었음을
그의 지난 말들에서 경험한 나는,
믿어야 할지 몰라, 의문 속에 살고 있는데,
긍정도 부정도 내 가슴 전체를 울리지 못하네.

한편 시간은 흐르고, 거울 속에서
나는 그의 약속과 나의 희망[2]에 거스르는
계절[3]을 향해 걸어가고 있는 나를 보네.

이제 뭐든 일어날 수 있는 때이고, 나만 늙은 것이 아니네,
더욱이 나의 열망은 전혀 나이 때문에 바뀌지는 않으나,
다만 내 큰 두려움은 남아 있는 인생이 아주 짧다는 것이라오.

---

1) 사랑과 시의 주인공.
2) 실현될 수 있다는 사랑의 약속과 희망.
3) 노년.

185

황금빛 깃털의 이 피닉스[1]는
희고, 우아하며, 아름다운 목가에
너무도 사랑스런 장식을 자연스럽게 만들어 내니,
모든 이의 마음을 부드럽게 만들고, 또 내 마음을 태우네,

자연스런 머리장식은 주변 하늘을 훤히 밝히고,
침묵하는 사랑의 부싯돌은 그 장식에서
맑고 날카로운 불빛을 이끌어 내니 이는
가장 추운 동지에도 나를 불태우네.

하늘색 가장자리 장식에 장미로 수놓은
선홍빛 옷은 아름다운 그녀의 양 어깨를 감싸고 있네,
어디서도 본 적 없는 옷이며, 단 하나뿐인 아름다움이라.

그녀는 아라비아 산들의 향기 가득하고 풍요로운
둥지에 들어, 숨어 있다는 오랜 소문이지만,
우리의 하늘을 그리도 고귀하게 날아다니네.

---

1) 라우라를 암시. 피닉스는 종교예술이나 문학의 세계에서는 불멸 또는 재생의 상징이다. 피닉스란 고대 아라비아의 상상의 신조(神鳥)이다. 빛나는 진홍과 금빛 깃털을 가진, 아름다운 소리를 내는 새. 피닉스는 생명이 종말에 가까워지면 향기 나는 나뭇가지로 둥우리를 틀고 거기에 불을 붙여 몸을 태워 죽는다. 그러면 거기서 새로운 피닉스가 탄생하고 죽은 시해의 재를 모아 헬리오폴리스의 태양신의 신전에 매장하였다고 전해진다. 원래 피닉스는 태양을 상징하는 '태양의 새'이며 저녁에 죽은 태양이 아침에 되살아난다는 의미에서 재생과 나아가 불사조의 이미지를 갖는다.

189

망각으로 가득 찬 내 배[1] 는
깊은 겨울밤에, 실라[2] 와 카리브디[3] 사이
험한 바다로 가는데, 뱃머리에는
주인,[4] 아니 나의 적이 앉아 있네.

노를 저을 때마다 드는 급하고 사악한 생각을
폭풍우와 죽음은 비웃는 듯하고,
한숨, 희망 그리고 열망에 흠뻑 젖은
바람이 끊임없이 돛을 부순다.

쏟아지는 비, 경멸의 안개가
실수와 무지로 얽어 만들어진,
이미 지쳐 버린 동아줄을 적시고 느슨하게 하네.

늘 떠 있던 나의 다정한 두 별[5]이 숨어 버리고,
밀려오는 파도 사이에서 이성과 항해술도 죽어 버리니,
나는 그만 항구로의 귀항에 대해 절망하기 시작하네.

---

1) 인생.
2) 실라(Scilla). 이탈리아 반도와 시칠리아 섬 사이의 멧씨나 해협의 칼라브리아(Calabria) 측에 위치한 급한 절벽과 암초가 많은 위험지역.
3) 카리브디(Caribdi). 멧씨나 해협의 반대편, 실라 정면에 위치한 바다 소용돌이가 큰 지역.
4) 사랑.
5) 인생항로의 등대가 되어 준 라우라의 두 눈.

190

하얀 암사슴 한 마리가 푸른 초원 위에
나타나 보였네, 황금빛 두 뿔을 가진 사슴은
두 물길[1] 사이로, 월계수 그늘 아래,
봄철 태양이 떠올랐을 때였네.

그녀의 모습은 너무도 우아하게 눈부셔서
나는 그녀를 쫓기 위해 만사를 제쳐 두었네,
즐거운 마음으로 보물을 찾으며
고통을 참아 내는 수전노처럼.

아무도 날 만지지 마시오, 아름다운 목둘레에
다이아몬드와 토파즈로 새긴 글을 가지고 있었지,
— 나의 체사레 님이 날 자유롭게 해 주는 것을 좋아하셨어요.

태양은 어느덧 정오에 가까워졌고,
응시하다 지친 나의 두 눈은, 만족하지 못한 채,
내가 그 물속에 빠질 뻔하였네,[2] 그녀가 사라진 뒤.

1) 프로방스의 발키우사 지역을 흐르는 두 개의 강(Sorga, Durenza).
2) 라우라가 사라신 뒤 시인이 흘린 눈물이 엄청남을 표현.

192

우리는, 사랑아, 우리의 영광,[1)]
초자연의 숭고하고 비범한 것들을 보고 있단다,
보라 그녀에게 얼마나 많은 달콤함이 쏟아지는지,
보라 하늘을 땅에 보여주는 빛[2)] 을,

보라 예술이 어떻게 선택받은 옷[3)] 을
황금빛, 진주빛, 붉은 빛으로[4)] 물들이는지, 어디서도
본 적 없는, 이 옷이 아름다운 산들로 둘러싸인 이 그늘진
정원[5)] 에서 두 발과 두 눈을 얼마나 우아하게 움직이는지.

파란 풀잎과 색색의 꽃들은
검은 참나무 고목(古木) 아래 흩어져
그 아름다운 발이 밟아 주길, 스쳐 주길 한없이 희구하고,

하늘은 떠돌고 빛나는 불빛들로
주변을 밝히고, 그 모습 속에서
너무도 아름다운 두 눈으로 맑아진 것을 더없이 기뻐하네.

---

1) 우리에게 영광을 주는 라우라.
2) 아름다움의 빛.
3) 영혼의 옷, 즉 육체.
4) 각각 머리, 치아, 두 뺨을 암시.
5) 발키우사이 들.

195

하루하루 내 얼굴과 머리카락은 변해 가지만,
이것 때문에 내가 달콤하게 매달린 낚시바늘을 물지 않으며,
태양도 얼음도 괘념치 않는 나무[1]의
초록빛 매혹적인 가지들을 나는 붙잡지 않네.

물 한 방울 없는 바다, 별 한 점 없는 하늘을 볼 수 있으리
내가 먼저 그 아름다운 가지들을 무서워하지도
또 열망하지도 않게 된 뒤에, 또 내가 미처 감추지 못한
깊은 사랑의 상처를 듣지 못하고 사랑하지 않게 된 뒤에.

나는 내 고통이 멈추기를 결코 원하지 않네,
내가 뼈와 신경 그리고 살을 모두 잃을 때까지는,
아니면 나의 적[2]이 내 고통에 대해 동정심을 갖게 될 때까지.

사랑이 그 아름다운 두 눈으로 내 가슴에 상처를 낸

그 육체를 죽은 자나 혹은 그녀[3]가 치료해 주는 것보다 먼저

그 모든 불가능한 일[4]이 일어날 수 있으리.

---

1) 상록수인 월계수를 의미.
2) 사모하는 여인.
3) 라우라.
4) 5행의 바닷물이 완전히 마르고, 하늘의 모든 별들이 사라지는 불가사의한 일들.

211

욕망이 나를 자극하고, 사랑이 나를 안내하고 동반하며,
기쁨이 나를 끌어당기고, 습관이 나를 끌고 가며,
희망이 나를 유혹하고 또 위로하며
그리고 이미 지쳐 버린 내 심장에 오른손[1] 을 내미네,

이윽고 가엾은 심장은 그 손을 붙들지만, 우리의 안내자가
눈멀고 믿을 수 없는 자임을 깨닫지 못하니
감각들이 지배하고, 이성은 죽었노라,
막연한 열망에서 또 다른 열망만 다시 솟아나네.

미덕, 영광, 아름다움, 기품 있는 자태,
아름다운 나뭇가지에 들려준 달콤한 이야기들이 나를 가두니
심장이 기뻐 꼭 붙잡혀 있네.

정확히 천삼백이십칠 년,
사월 여섯째 날, 이른 시각,[2] 나는
그 미로[3]에 들어갔으나, 아직 출구를 찾지 못하고 있네.

1) 도움.
2) 1327년 4월 6일 아침, 시인이 처음으로 라우라를 만난 날.
3) 사랑의 미로.

213

하늘이 몇몇에게만 너그럽게 부여한 은혜들인
희귀한 미덕은 일찍이 인간의 것이 아니었고,
백발의 지혜[1]는 금발 아래에 있었으며,
또 지고의 성스러운 아름다움이 겸손한 여인 안에 있네,

독특하고 새로운 우아함,
영혼으로 들리는 노래,
천상의 걸음걸이, 불타는 영혼의 아름다움은,
단단한 모든 것을 부수고 또 오만한 모든 것을 굴복시키네,

그 아름다운 두 눈은 보는 이의 심장을 돌로 만들고,
어두운 밤과 깊은 바다[2]를 무릎쓰게 하며,
또 그들의 육체로부터 영혼을 떼 내어, 타인에게 준다,

온화하고 고귀한 개념들로 가득한 말,
미묘하게 끊긴 호흡들과 함께
나는 이 마법사들에 의해 변해 버렸소.[3]

1) 노인의 지혜, 현명함.
2) 험난한 인생길.
3) 사랑에 빠졌네.

226

지붕 위의 어떤 참새도, 숲 속의 어떤 짐승도
나만큼 외롭지는 않았네,
내가 그 아름다운 얼굴[1]을 보지 못하고, 또 다른 태양[2]도
모르기 때문이며, 내 두 눈도 바라볼 다른 대상이 없었음이네.

눈물 흘리는 것은 항상 내 최고의 기쁨이고,
웃는 것은 고통이며, 음식은 쓰디쓴 독약 같고,
밤은 괴로움이며, 맑은 하늘은 내 마음을 어둡게 하고,
그리고 잠자리는 힘겨운 전쟁터라네.

수면은 사람들이 말하듯 나에게는 정말
죽음의 친척이고, 삶 속 달콤한 생각에서
심장을 빼앗아 가는 것이라네.

아름답고, 행복한 이 세상의 유일한 마을이여,
푸른 강둑들이여, 꽃이 만발하고 그늘진 들판들이여,
그대들은 내 선(善)[3]을 가지고 있고, 나는 울고 있네.[4]

1) 라우라.
2) 빛나는 두 눈을 가진 둥근 얼굴을 태양에 비유함.
3) 아름다움, 지고의 善, 즉 라우라.
4) 라우라가 있던 마을로부터 멀리 있는 주인공이 그녀에 대한 그리움 때문에.

229

지난날엔 노래했고, 지금은 눈물 흘리지만
노래하며 얻었던 기쁨보다 울며 얻는 기쁨이 더 크니,
이는 숭고한 것만 갈망하는 내 감각들이
근본적인 것[1]에 따르지, 효과[2]에 따르지 않기 때문이네.

이를 통해 온화함과 냉정함
잔인한 행동, 또 겸손하고 친절한 태도들을,
나는 똑같이 받아들이고, 멸시의 창끝은
나를 괴롭히지 못하며, 나의 무기를 부러뜨리지 못하네.

사랑, 님, 세상 그리고 나의 행운이
결국 나에게 여느 때와 같은 자세를 취하니,
나는 결코 행복하지 않다고 생각하지 않네.

내가 살거나 죽거나 쇠약해져도, 달빛 아래에[3]
내 상황보다 더 고귀한 것은 없으니,
내 고통의 뿌리는 참으로 달다오.

1) 라우라.
2) 기쁨과 슬픔.
3) 지상에.

234

오 작은 방[1] 이여, 너는 일찍이 일상의 심각한
폭풍우[2] 가 내게 불어올 때 항구[3] 가 되어 주었고,
지금은 낮에는 부끄러워 감추고 다니는,
어두운 밤에 흘리는 눈물의 수원지이지.

오 작은 침대여, 너는 몹시도 고통스럽던 시절
휴식처요 위안이었지, 그토록 큰 잘못에
단지 내게만 잔인했던 그 상아빛 두 손으로 이 고통의
눈물단지를 부어 사랑이 너를 흠뻑 적시게 하였지!

내 비밀[4] 과 내 휴식처[5] 만을 탈출하는 것이 아니라,
더욱이 내 자신과 내 애정의 사념을
뒤쫓으면서 가끔씩 나는 날아오르고,

또한 내게 적대적이고 혐오스러운 대중을
(누가 그렇게 생각한 적이 있을까?) 내 피신처로
나는 찾고 있네, 홀로 있게 될까 너무 두려워.

---

1) 혼자만의 공간.
2) 인생의 고통, 고난.
3) 피난처, 은신처, 즉 위기를 모면할 수 있는 안정된 곳.
4) 1행의 혼자 머물던 '작은 방', 나아가 '홀로 있는 것'으로도 이해할 수 있다.
5) 5행의 '작은 침대'.

236

사랑이여, 나는 잘못하고 있으며, 또 그것을 알지만,
정열을 불태우며 가슴속에 불꽃을 품은 이처럼 행동하니,
그것은 고통이 계속 커지고, 이성은 점점 작아져,
이미 고통에 거의 굴복하였기 때문이라오.

나는 내 뜨거운 정열을 멈추게 하려 했으니,
그 맑고 아름다운 얼굴을 괴롭히지 않기 위해서였는데,
더 이상은 어찌할 수 없네, 사랑이 내 손에서 제동기를
떼어 냈고, 그 후 절망으로 그 영혼이 불타버렸으니.

따라서 만일 그 영혼이 자신의 습관을 넘어 돌진한다면,
사랑이여, 영혼에 불을 붙이고, 그렇게 박차를 가한 것,
구원 위해 온갖 고행을 시도케 한 것은, 모두 너 때문이라,

그리고 또한 님 안에 있는 천상의 희귀한 선물들이
그리 시키는 것이니, 사랑아, 네가 적어도 님이 이를 알게
해 주고, 또 님께 저지른 내 잘못을 님이 용서하게 해다오.

248

지상에서 대자연과 하늘[1]을 보고자 하는 자는
가능한 한 와서 그녀를 찬미하시라,
내 두 눈에만이 아니라, 미덕을 괘념치 않는
눈 먼 세상[2]을 위해 홀로 태양인 그녀를,

어서 서둘러 오시오, 죽음이 먼저 숭고한 이들을
납치해 가고, 악한 이들을 남겨 놓을 테니,
신들의 왕국에서 이 아름다운 피조물을 기다리고 있으니
이는 죽을 것이며, 또 오래 가지 않으리.

보리오, 제때에 도착한다면, 모든 미덕과,
모든 아름다움, 모든 현실의 습관이
탄복할 조화를 이루며 단 한 몸에 배어 있음을,

그때 말하리라 나의 시들은 침묵하고,
내 모든 재주는 너무도 큰 빛에 눈이 부실 뿐이라고,
하지만 그 발길이 더 늦어지면, 영원히 후회하리.

1) 초자연적 대자연, 천상의 모습.
2) 라우라의 죽음으로 태양을 잃은 세상, 지상, 지구.

249

내가 고통스러워하고 사념에 찬 님을 떠나며
내 마음을 그녀 곁에 남긴 그날이 떠오를 때면
나는 얼마나 두려운가! 그러나 그 어떤 것도 내가
그토록 기꺼이 그토록 자주 생각한 것은 없네.

나는 무리지어 핀 꽃들 사이의 한 송이 장미꽃처럼,
아름다운 여인들 사이에 다소곳이 앉아 있는
기쁘지도 고통스럽지도 않은 듯한 그녀를 다시 보네,
두려워하는 그리고 그 두려움밖에 느끼지 못하는 사람처럼.

그녀는 한결 같은 매력을 보여 주었으니,
그 진주, 그 화관, 그 밝은 의상,
또 그 미소, 그 노래, 인간적이고 다정한 그 말씨여라.

이리하여 나는 나의 생명[1] 을 따르니,
지금은 슬픈 예감, 그리고 검은 사념과 꿈들이
나를 엄습하나, 하느님은 이것이 헛된 것임을 좋아하노라.

1) 라우라.

250

꿈길 멀리 그 다정하고 천사 같은 모습으로
여느 때처럼 님이 나를 위로하였고,
이제는 날 놀라게 하고 슬프게 하니,
나는 고통 속에서도 두려움 속에서도 자유로울 수 없으니,

이는 종종 그녀의 얼굴에서, 나는
큰 고통 섞인 진정한 자비를 보는 것 같고,
모든 기쁨과 희망을 포기한 내 충실한 마음이
얻는 것들이 들리는 듯 하기 때문이네.

“내가 그대의 젖은 두 눈을 뒤로 하고
시간이 늦어 그곳을 떠나야 했던
— 그녀가 묻는다 — 그날 저녁을 기억하지 않나요?

그때는 그대에게 말할 수 없었고, 원치도 않았죠.
이제는 그대에게 말해요 확실하고 진실한 사실 하나를,
나를 지상에서 다시 보리라는 희망은 절대 갖지 말아요."

254

나는 늘 귀 기울이고 있으나, 나의 감미롭고 쓰디쓴
적[1] 의 소식은 들리지 않으니,
나는 이를 어찌 생각하고 또 무슨 말을 해야 할지 몰라,
고통과 희망이 내 심장을 깊숙이 찔러 오네.

아름다운 이 여인은 이전의 여인들[2] 에게는 해가 되었으니,
그녀가 다른 이들보다 더 아름답고, 더 겸손하였음이라,
아마도 하느님은 그와 같이 덕 있는 친구를 원하시어
지상에서 데려가 하늘의 별이 되게 하시려 하네,

아니 태양이 되게 하시네, 만일 그렇게 되면, 내 인생,
이 내 짧은 휴식과 오랜 고통들이
종말에 이르게 되리. 오, 잔인한 출발이여,[3]

어찌 너는 나를 내 상처[4] 로부터 멀리 있게 하였는가?

내 짧은 연극[5] 은 어느덧 끝나고,

또 나의 시간은 절반이나 흘러갔네.[6]

---

1) 라우라.
2) 신들에 의해 별이 된 여인들(안드로메다, 카시오페이아 등).
3) 시인이 라우라가 있는 아비뇽을 떠나온 것.
4) 라우라를 죽음으로 잃는 것.
5) 인생 무대.
6) 라우라가 죽은 1348년에 페트라르카는 44세였으니 인생의 중반을 넘어섰다는 의미.

《칸초니에레》의 264번 詩 (1414년 수사본)

페트라르카, 《여러 운명의 치유법 *Des remèdes de l'une et l'autre fortune*》
(불어판, 1450년, 14b, 15a쪽)(표지화 설명 참조)

265

가혹하고 거친 마음, 그리고 잔인한 의도가
부드럽고 겸손하며 천사 같은 모습 속에 있네,
만일 그녀가 취한 그 매서움이 오랫동안 지속된다 해도,
내게서는 별 명예로운 것을 얻지 못하리라.

왜냐하면 꽃과 풀 그리고 나뭇잎이 피고 또 질 때도,
밝은 낮이나, 또 어두운 밤에도,
나는 항상 울고 있으니, 나는 나를 고통스럽게 하는
나의 운명, 여인 그리고 사랑을 가져서라오.

나는 오로지 희망만으로 살고 있다오, 적은 물방울도
끊임없이 떨어져 그 단단한 돌과 대리석을
닳게 만든다는 사실을 상기하며.

그토록 냉담한 마음은 없다네, 눈물 흘리며,
기도하며, 사랑하였건만, 여전히 꿈적도 하지 않고,
차가워지지도 뜨거워지지도 않는.

267

아 그 아름다운 얼굴, 아 그 정다운 눈길,
아 그 우아하고 기품 있는 자태,
심술궂고 잔인한 모든 성격을 겸손하게 만들고,
또 소심한 모든 인간을 너그럽게 만들었던 아, 그 언사!

아, 큐피드의 화살이 나왔던 그 달콤한 미소
죽음 이외의 다른 어떤 선도 이제 나는 바라지 않으니,
우리들 사이로 그토록 늦게 내려오지 않았더라면
황국의 가장 신성하고, 귀족적인 영혼이었을 텐데!

그대들[1)] 위해 불타 올라야 하고, 그대들 안에서 호흡하니,
나는 항상 그대들의 것이요, 만일 내게 그대들이 없다면,
그 어떤 불행도 나를 더욱 고통스럽게 하지는 못하리.

살아 있던 최고의 기쁨과 내가 이별하였을 때,[2]
그대들이 희망과 열망으로 나를 가득 채워 주었지,
하지만 그 바람이 그 말들을 가져가 버렸다오.

---

1) 1연의 얼굴, 눈길, 자태 등.
2) 라우라와의 사별.

272

인생은 쏜살, 한순간도 멈추지 않으니,
죽음이 큰 걸음으로 찾아 드네,
눈앞의 것들, 지난 것들이
내게 고통을 주는데, 미래의 것들 또한 그러하네,

이쪽이나 혹은 저쪽에서, 진리처럼 그렇게,
과거를 떠올리는 것도 미래를 기다리는 것도 날 괴롭히니,
만일 내가 내 자신을 용서치 않았더라면
나는 벌써 이 세상 사람이 아니었을 터라오.[1]

고통스런 마음이 작은 달콤함이라도 맛본 적이 있다면
내게 떠오르게 되고, 이윽고 다른 쪽[2] 으로부터는,
내 항해[3] 중에 불어대는 거친 바람을 보네,

항구에서 태풍을 만났을 때, 내 사공은 이미
지쳐 있고, 돛대는 부서지고 밧줄도 끊겨 있고,
내가 주시하던 아름다운 두 눈빛[4] 마저, 꺼졌어라.[5]

---

1) 후회스러운 과거와 암울한 미래를 이해하고 받아들이지 않는다면 자살밖에는 길이 없다.
2) 미래.
3) 인생.
4) 항해자의 길잡이가 되어 주는 하늘의 별에 빗댄 라우라의 두 눈을 암시.
5) 라우라의 죽음.

279

새들이 지저귀고, 푸른 나뭇잎들이
훈풍에 살랑대고,
햇살에 반짝이는 물결들의 속삭임이
꽃이 만발한 싱그러운 둑 너머로 들릴 때면,

나는 그곳에 앉아 생각에 잠겨, 사랑을 쓴다,
그녀는 우리에게 하늘을 보여 주고, 땅을 감추니,
나는 보고, 듣고, 또 느낀다, 아직도 살아 있는 그녀가
그 머나먼 곳에서 나의 탄식들에 보내 주는 화답을.

"왜 그대는 미리 고민하시나요?
— 그녀가 측은히 여겨 말한다 — 무슨 일로 그대는
슬픈 두 눈으로 고뇌의 강물[1] 을 만드시나요?

날 위해, 그대여 울지 마오, 나의 생명은
내가 죽어 영원해졌으니, 내가 눈감는 것처럼 보였을 때,
내면의 불빛 속에서, 두 눈을 떴다오."

1) 많은 눈물.

281

몇 번이나, 내 달콤한 은신처로
가능한 한, 타인들과 나 자신을 피해,
두 눈으로 초원과 가슴을 적시며,
한숨으로 주변 하늘을 부수며 나 걷고 있나!

몇 번이나 홀로, 두려움에 가득 차,
그늘지고 음울한 곳에 들어섰고,
죽음이 앗아간 고귀한 연인을 생각하면서
또 죽음을 얼마나 나는 불러대는가!

한번은 요정의 모습으로 혹은 다른 여신으로
소르가 강의 가장 깊고 맑은 물에서 나와
강둑 위에 앉아 있었고,

한번은 싱싱한 초원 위에서
이승의 여인처럼 내게 연민을 갖는 표정 보이며
꽃을 따는 그녀를 나는 보았네.

282

축복 받은 영혼[1]이 종종 찾아와
나의 고통스런 밤들을 위로하네
죽음마저 꺼트리지 못한,
초인적 아름다움을 가진 그대의 두 눈으로,

얼마나 기쁜가! 나의 슬픈 나날들을
그대 모습에 즐거워하며 받아들이는 것은.
이리하여 나는 지난날 그대의 아름다운 모습들이
머물며 남긴 아름다움들을 다시 찾기 시작하오

바로 그 곳에서 나는 그대를 찬미하며 오랜 세월을 보냈고,
지금은, 그대가 보듯, 그대 위해 눈물 흘리고 있네,
하나 그대를 위한 눈물이 아니라, 나의 상처들을 위해서라오.

단 한 줌 휴식을 나는 많은 고통들 속에서 발견한다오,
그것은 그대가 돌아올 때, 그대를 알아보고,
그대의 걸음새, 음성, 얼굴, 옷차림을 이해하는 것이라오.

1) 라우라.

285

애정 가득한 어떤 어머니도 사랑하는 아들에게
사랑 가득한 어떤 여인도 사랑하는 신랑에게
수많은 한숨이 따르고, 염려되는 불확실한 상태에서
그렇게 믿을 수 있는 조언을 하지는 못했다오,

마치 그녀가 영원한 지고의 은신처[1] 에서
나의 고통스런 삶을 보며
변함없는 애정으로 종종 내게 돌아와
두 자비[2] 가득한 눈길을 나에게 준 것처럼,

한때는 어머니의 눈길로 한때는 연인의 눈길로, 한때는 떨고
한때는 정직한 불에 타올랐지, 그리고 나에게 말해 주었네
이 여행[3] 을 중단해야 할지 계속해야 할지,

나는 우리 인생의 다양한 일들을 헤아리면서,
내 영혼을 불러 올리는 데 늦지 않기를 기원하니,
그녀의 이야기가 지속되는 동안만 나는 평화나 휴식을 느끼오.

---

1) 천국.
2) 어머니의 자비와 연인의 자비.
3) 인생.

292

내가 그토록 뜨겁게 노래했던 두 눈,
두 팔, 두 손, 두 발 그리고 그 얼굴,[1]
이들은 나를 그렇게 나 자신으로부터 빼앗아 갔고,
또 다른 사람들과 다르게 만들었네,

번쩍이는 순금빛 곱슬머리칼
또 빛나는 천사의 미소,
이들은 늘 지상낙원을 만들어 냈으나,
한 줌 먼지라 나는 아무것도 느끼지 못하네.

이리하여 내 비록 살아 있어도, 거센 폭풍우 속에서
무력한 나무토막[2] 위에 너무도 사랑했던 그 불빛도 없이[3]
남겨진 나는 이 삶을 고통스러워하며 또 거부하오.

이제 여기가 내 사랑 노래의 끝이로다,[4]

늘 쓰던 재주의 영감이 말라 버렸고,

나의 체트라[5]는 통곡하네.

---

1) 라우라의 신체 일부들.

2) 통제 불가능한 배.

3) 라우라의 죽음. 그녀의 눈빛은 인생 항해의 길잡이가 되어 준 하늘의 별과 같았다는 비유.

4) 페트라르카가 남긴 자료에 의하면 이 소네트는 1357년 11월 3일 쓰였으며, 초기 판본들 중 하나로 1356년에서 1358년 사이에 만들어진 코렛죠(Correggio) 판본의 마지막 작품이었다.

5) 현악기 이름.

293

만일 내가 시로 쓴 내 한숨 소리들을
이렇게들 좋아할 줄 알았더라면,
먼저 내 한숨의 처음부터, 이 노래들이
수로는 보다 많이, 형식은 보다 귀하게 하였을 텐데.

나로 하여 고백하게 하고,
또 내 모든 사념의 꼭대기에 있던 그녀가 죽었으니,
나는 더 이상 그토록 정교한 줄[1] 이 없게 되어,
거칠고 우울한 시를 부드럽고 밝게 만들 수 없도다.

그리고 그 시절[2] 내 모든 연구는
몇 가지 방식으로 단지 내 고통스러운 마음을
토로하는 것이었지, 명성을 얻고자 한 것은 아니었네.

눈물 흘렸으나 나는, 그 눈물로 영광을 찾으려 한 것은 결코 아니었으니, 이제 난 모두가 아주 좋아하길 바라네, 하지만 저 고귀한 여인이 침묵하고 지친 나를 뒤따르라 부르네.

1) 쇠붙이 따위를 쓸거나 깎는 연장.
2) 처음으로 한숨을 짓기 시작하던 시절.

302

아무리 찾아도, 다시는 지상에서 찾아볼 수 없는
그녀가 있는 곳으로 내 생각이 나를 옮겨 주니[1)]
그곳, 천국의 셋째 원에 있는 영혼들[2)] 중에서,
가장 아름답고 또 친근한 그 여인을 나는 다시 보았네.

손으로 나를 잡고, 그녀가 이렇게 말했다네, "이 곳에서
당신은 다시 저와 함께 할 것입니다, 제 간절함이 잘못이
아니라면. 저는 당신에게 많은 괴로움을 주었던 여인으로,
저녁이 되기 전에[3)] 생을 마감하였답니다.

제 행복은 인간의 지혜로는 이해되지 않을진대,
저는 그대와, 또 그대가 몹시 사랑했던,
지상에 남겨 둔, 제 아름다운 베일[4)]을 기다립니다."

아, 그녀는 왜 말없이, 그 손을 놓았던가?
그토록 자비롭고 고아한 말소리에
나는 하마터면 하늘나라에 남을 뻔했었네.

---

1) 상상의 날개를 편다.
2) 연인들이 모여 있는 곳.
3) 아직 젊은 나이에.
4) 영혼을 감싸던 베일, 즉 육체.

310

달콤한 하늬바람이 돌아오니, 아름다운 계절 따라,
다정한 가족인 양 수많은 꽃과 풀들이 다시 피어나고,
제비의 지저귐과 꾀꼬리 노랫소리가 다시 들려오니,
울긋불긋 봄이 돌아오네.

초원은 방긋 웃고, 하늘은 맑고 푸르네,
목성은 딸[1]을 보며 기뻐하고,
하늘과 바다 그리고 땅이 온통 사랑으로 가득 차 있어,
모든 동물들을 또다시 사랑에 빠지게 하네.

하지만 불행히도 내게는, 내 마음의 열쇠들을
하늘로 가져가 버린 그녀[2]가 내 가슴 깊은 곳에서 끌어내는,
아주 혹독한 탄식들만 또다시 터져 나오네,

새들은 노래하고, 들판엔 꽃이 만발하고,
아름답고 기품 있는 여인들이 우아한 자태를 뽐내도
이 모든 것들이 내게는 황무지이며, 잔인한 맹수라네.

1) 사랑의 계절인 봄의 여신, 금성(Venere).
2) 라우라.

311

그 꾀꼬리, 어찌나 달콤하게 노래 부르던지
아마도 새끼들이나, 사랑하는 짝을 위한 노래리라,
온 하늘을 달콤함으로 가득 채우고 들판마다
감동적이며 아름다운 곡조들로 가득 채우는데,

나의 울음은 밤새 그의 곡조와 짝을 이루고,
또 내게 힘겨운 내 운명을 기억나게 하니,
나는 나 자신 외에 슬퍼할 사람이 없다고 보았으니,
이는 죽음이 여신들도 지배한다고는 믿지 않았기 때문이다.

오, 확신에 찬 사람을 속이는 것은 얼마나 쉬운 일인가!
그 아름다운 두 눈빛은 태양보다 훨씬 더 빛났으니
누군들 땅이 어두워지는 것을 보리라 생각했을까?[1)]

이제 나는 아노라, 나의 잔인한 운명이 원하는 것을,
그것은 내가 살아가며 또 눈물 흘리면서 지상에는
참으로 기쁘고 영원한 것이라곤 없음을.

---

1) 죽음은 마치 여신처럼 성스러운 여인은 데려가지 못한다고 생각했기에 태양보다 빛나는 성스러운 라우라의 두 눈빛은 영원하리라 믿었고 그녀가 살아 있는 한 지상에 어둠이 내리지는 않을 것이라고 생각했다는 것.

312

맑은 하늘에 떠다니는 별이 없다,
잔잔한 바다 위에 배가 없고,
전장에 무장한 기사가 없으며,
아름다운 숲 속에 힘차고 날쌘 맹수가 없다,

기다린 축복에 대한 새 소식이 없고
고상하고 화려한 형식으로 사랑을 말하지 않으며
맑은 연못과 푸른 초원에서
우아하고 아름다운 여인들을 달콤하게 노래하지 않는다,

다른 어느 것도 내 마음에 와 닿는 것이 없으리,
나의 두 눈에 유일한 여인이었던 그녀는 빛이요 거울이었음을
자신과 함께 그토록 깊이 묻어버릴 줄 알았던 것도 없으리.

살아간다는 것이 내게는 너무나 견딜 수 없고 긴 고통이라
만나지 않았더라면 더 좋았을 것 같은 그녀를
다시 보고픈 절절한 마음으로 나는 죽음을 부르네.[1]

1) 죽음을 통해서만 이승을 떠난 님을 만날 수 있기에.

315

화사하고 푸르른 나의 시절은 모두
흘러가고, 나는 어느덧 내 심장을 불사른 그 불꽃의 온기
느끼고 있었으니, 정점에 닿은 내 인생이
내리막길로 접어든 지점에 나 이르렀음이라오.

어느덧 나의 사랑스러운 적[1] 은
조금 조금씩 사모하는 이의 두려움을
안심시키기 시작했고, 이제는 그녀의 우아한 미덕이
나의 깊은 고통을 기쁨으로 변하게 하였네.

그것은 사랑이 순결함과 만나는 시간[2] 이
가까워졌음이며, 연인들이 함께 앉도록 허용되고,
그들 사이에 일어난 일을 이야기할 수 있는 때이라.

죽음은 나의 행복한 상태, 아니 이를 얻으려는
희망을 시기하네, 그리하여 무장한 적이 되어
그녀를 만나네 다 이뤄지기 전에.[3)]

---

1) 라우라. 사모하는 마음을 받아주지 않는 여인에 대한 표현으로 중세에는 많이 씀.

2) 아름다운 열망, 즉 사랑에 반대하는 시기를 말하는 것으로 늙음을 의미한다.

3) 희망이 완전히 실현되기 전에 이를 방해하려고 죽음이 도중에 희망을 만난다.

316

이제는 커다란 고통이 끝나고 평화나 휴식을 찾을 때이며,
아마도 나는 이를 위한 적당한 길에 있었노라,
하지만 우리의 불평등을 균등하게 하는 자[1] 가
나의 기쁜 발걸음 뒤로 방향을 돌렸으니,

이는, 바람에 흩어지는 안개처럼,
전에는 아름다운 두 눈으로 나를 이끌었던 그녀가
그토록 순식간에 자신의 삶을 흘려 버렸으니,
이제는 내가 생각으로 그녀를 쫓아야 하리.

죽음은 단지 조금 연기되었을 뿐, 이는 세월과 머리카락은
내 태도들을 바꾸기 때문이네, 이리하여 내 병[2] 에 대해
죽음과 이야기하는 것은 두렵지 않네.

얼마나 달콤한 한숨으로 나 그대에게 오랜 내 고통을 이야기했을지, 그 고통 때문에 분명 지금은 하늘에서 내려보며, 아직도 나 때문에 고통스러워 할 그대여!

---

1) 죽음. 모든 인간은 죽음 앞에 평등하다.
2) 사랑의 병.

317

사랑은 나의 길고 어두운 폭풍우에게
고요한 항구를 보여 주었네
못된 버릇들을 벗고, 미덕과 영광을 입게 한
정직하고 성숙된 나이의 몇 해 동안에.

이미 아름다운 두 눈[1] 에는 나의 마음이 비치어 보이고,
또 나의 깊은 충성심은 더 이상 그 두 눈에 성가시지 않네.
아, 잔인한 죽음의 신이여, 너는 오래된 과수(果樹)[2] 를
그렇게 한순간에 꺾어 버리려 너무도 서두른다네!

내 비록 살아 있어도 내 달콤한 사념들을 고백한 뒤,
내가 그 맑은 두 귀에 오래된 짐을 담아 두고 싶었던 상황에
우리는 도달하게 되리,

또 그녀는 아마도 나에게 한숨을 내쉬며
성스러운 몇 마디로 답해 주리,
우리들의 얼굴과, 머리색이 바뀌었다 하여도.

---

1) 라우라의 두 눈.
2) 한결같이 오랫동안 계속된 사랑을 하였기에 얻는 행복과 기쁨의 비유일 수 있다.

320

나의 그 옛 바람을 다시 느끼네, 달콤한 구릉들이
다시 나타나 보이네, 하늘이 원할 때까지
열망과 기쁨 가득하고 또 나의 슬픔과 눈물에 젖은
내 두 눈을 빼앗았던 그 아름다운 빛[1]이 태어났던 곳이.

아 덧없는 희망이여, 아 잘못된 생각들이여!
이 풀잎들은 홀로 되었고 이 강물은 흐리구나,
내가 죽고 싶었던 곳, 그녀가 살았던
그 둥지는 텅 비어 싸늘한데, 나 여기 살아 있어,

내 가슴을 태워 버린 그녀의 아름다운 두 눈과
향기로운 발자취로부터 오랜 고통에 대한
휴식을 다소나마 희망하노라.

나는 잔인하고 인색한 주인[2] 을 모셨다네,
내 불꽃[3] 이 살아 눈에 있는 한 나는 불타 올랐고,
지금은 흩뿌려진 타 버린 그 재 때문에 울고 있다오.

1) 라우라.
2) 사랑.
3) 라우라.

336

레테[1] 조차 내 머리에서 추방시킬 수 없는 그녀가,
내 머리로 돌아오네, 아니 늘 머릿속에 있네,[2]
그 기억을 통해 내가 본 꽃다운 시절의 그녀는,
자신의 별[3] 빛으로 완전히 밝혀져 빛났네.

첫 만남[4] 에서 내가 본 그녀는 너무도 우아하고 아름답고
무척이나 겸손하고 수줍어했기에, 나는 소리쳤네,
— 진짜 그녀다, 아직도 살아 있구나 하고,
그리고는 그녀에게 선물을 청하네 그녀의 다정한 이야기를.

때로는 응답하나, 때로는 말이 없네.
나는 산 사람으로 잘못 알았다가, 나중에야 정확히 알고,
내 머리에 대고 말하네, — 네가 착각한 거야.

너는 알고 있지, 1348년
4월 6일,[5] 이른 시각,
저 축복받은 영혼이 육체를 떠난 것을.

---

1) 사후 세계에 있다는 망각의 강.
2) 머릿속을 떠난 적이 없으니 돌아올 필요가 없다는 뜻.
3) 금성(Venere)으로, 사랑의 별이라 함.
4) 기억 속의 혹은 상상 속의 만남.
5) 라우라가 세상을 떠난 날.

343

전에는 나를 달콤함으로 가득 채워 주었으나,
지금은 날 너무도 괴롭히는 그 겸손한 천사의 음성,
지금은 하늘을 영광되게 하는[1] 그 아름다운 시선,
그리고 다소곳한 금빛 머리와 그 얼굴을 되새기면서,

내가 아직도 살아 있음에 나는 커다란 경이로움을 느끼니,
만일 아름다운 것과 우아한 것 중 어느 쪽이 더 우세한가 하는
의문을 남긴 그녀가 동틀 그 무렵 나의 구원을 그토록
서두르지 않았더라면, 나는 이미 살아 있지 못하리.

아, 어찌나 달콤하고 순수하며 자애로운 환대이며,
또 얼마나 주의 깊게 듣고 유념해 주는지
내 고통들의 오랜 역사를!

아침이 밝아오자 그림자를 지우고,
모든 길[2] 을 아는 그녀가 하늘나라로 돌아가며,
두 눈으로 한 뺨 또 한 뺨을 적시는 듯 하네.

---

1) 죽어서 천국에 있음을 의미.
2) 하늘로 가는 길.

346

선택받은 천사들과 천국 시민인
축복받은 영혼들이, 님이 떠나가신 첫날,[1)]
경이로움과 자애로움에 가득 차
그녀 주위를 둘러쌌다.

이것은 무슨 빛이지, 또 처음 보는 이 아름다운 것은 뭐지?
— 그들은 서로 이야기하였다 — 왜 이리도 아름다운
영혼이 방황의 세계[2)] 로부터 이 높은 곳[3)] 으로
이 오랜 세월 동안 오르지 못했지.

거처를 바꾼 것에 만족한 그녀는
다만 가장 완벽한 것들하고만 비교되며,
또 동시에 조금 조금씩 뒤로 향하였는데,

내가 자신을 뒤따르는지 보면서, 또 기다리는 것 같아,

나는 모든 소망과 사념들을 하늘로 띄우게 되었고

이는 내가 서두르기를 바라는 소리를 들었음이라.

---

1) 죽은 날, 즉 하늘나라에 도착한 날.

2) 실수하는 곳, 죄를 짓는 곳, 즉 이승.

3) 천국.

349

님이 날 님에게로 부르기 위해 내게 보낸 천사의
말이 내게 매순간 들리는 것 같으니,
그 순간 나는 심신이 바뀌어 가고,
또 몇 해 되지 않아[1] 몹시 낙담하게 되었기에,

내가 내 자신을 이제서야 겨우 알아보고,
나는 내 모든 일상의 삶을 알렸네.
내가 그때[2]를 아는 것은 참으로 좋으리,
하지만 분명코 그 순간은 이미 가까워졌으리.

오 행복한 그날이여, 속세의 감옥[3]을
나오면서 나는 무거우나 나약하고 치명적인
겉옷[4]을 부서지고 흩어진[5] 채 남길 터이니,

그토록 캄캄한 어두움 멀리
맑고 아름다운 하늘 위로 드높이 날아,
내가 내 주인과 내 여인을 볼 수 있으리라.

---

1) 라우라가 죽고 난 뒤.
2) 천사의 말을 듣게 될 순간, 즉 라우라가 시적 주인공을 부를 때.
3) 육체. '영혼의 감옥'의 메타포.
4) 영혼을 덮고 있는 육체.
5) 사후에 육체가 '재와 먼지'처럼 될 것이라는 표현으로 페트라르카가 즐겨 씀.

351

포근한 냉혹함, 평화로운 거부는,
순백한 사랑과 연민으로 가득하였고,
사랑 담긴 경멸들은 나의 불타는
그러나 (이제서야 깨달은) 헛된 열망들을 누그러트렸네,

기품 있는 말이, 지고의 친절
지고의 미와 더불어 명확히 빛났으며,
덕의 꽃이요, 미의 샘이,
모든 욕망들을 내 가슴속에서 밝혀냈네,

성스러운 눈길은 남자를 행복에 젖게 하고,
한때는 명확히 밝힐 수 없는 것을 향하려는
뜨거워진 머리를 가로막는 엄한 눈길이었으며,

한때는 나약한 내 인생을 위로해 주려는 자상함이었네,
이 아름다운 다채로운 모습은
하마터면 잃어버렸을, 내 구원[1] 의 뿌리였다.

1) 내 영혼의 구원.

364

사랑이 나를 불태우며 스물한 해[1] 동안 붙잡았으니,
그 불꽃 속에서도 또 희망 가득한 고통 속에서도 행복하였네,
님과 내 가슴이 함께 하늘로 오른 뒤,
눈물 속에서 또 다른 십 년[2] 동안 사랑이 나를 붙잡았네.

이제 나는 지쳤고, 또 나는 미덕의 씨앗을
내게서 거의 꺼 버린 실수 가득한 내 인생을 질책하노니,
지고하신 하느님이시여, 당신께
나는 내 인생의 마지막 부분을 경건하게 바치며,

평화를 추구하며 고통을 극복함에
최선으로 이용하며 보내야 했던 세월을
그렇게 흘려 보낸 것에 후회하고 슬퍼하네.

주여, 나를 이 육체에 가두고 있는 당신이,
나를 그곳에서 풀어주어, 영겁의 천벌로부터 구해주소서,
나는 내 잘못을 알기에, 그것을 용서치 않습니다.

---

1) 프란체스코가 라우라를 처음 본 1327년 4월 6일에서 그녀가 세상을 떠난 1348년 4월 6일까지.
2) 라우라 사후 10년 뒤인 1358년을 말하는데 이 해를 많은 학자들은 이 소네트를 쓴 해로 본다. 반면 최근에는《칸초니에레》(*Canzoniere*)에서 '사랑의 시'를 마무리한 해로 해석하기도 한다.

365

나는 나의 지난 순간들을 한없이 고통스러워하네,
날개를 가지고 있음에도, 간과할 수 없는 일을
해낼 수 있을 만큼 하늘로 날지 않은 채
인간[1] 을 사랑함에 모두 써 버린 그 순간들을.

인간의 품위를 해치고 신을 모욕하는 내 죄들을 아시는 당신,
불가사의하고 불멸하신 하늘의 왕이시여,
죄 많고 나약한 이 영혼을 구해 주시고,
또 그 부족함을 당신의 자비로 가득 채워 주소서,

그리하여, 만일 내가 전쟁[2] 과 폭풍우 속에서 살았었다면,
항구에서 평화롭게 죽게 하시고, 만일 거처[3] 가
헛된 것이었다면, 적어도 내 떠남[4] 을 명예롭게 하소서.

얼마 남지 않은 나의 삶
또 나의 죽음에 당신의 구원의 손길을 주소서,
내가 다른 것을 희망하지 않음을 당신은 잘 아십니다.

1) 라우라.
2) 마음속 전쟁, 즉 내적 고뇌.
3) 지상에서의 머묾.
4) 이승으로부터의 멀어짐. 죽음.

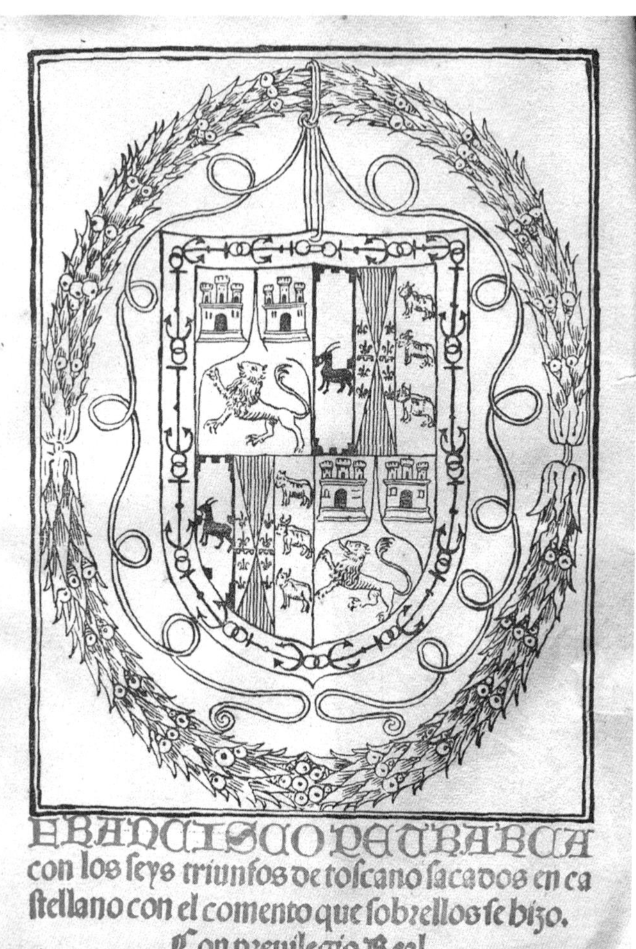

FRANCISCO PETRARCA
con los ſeys triunfos de toſcano ſacados en ca
ſtellano con el comento que ſobrellos ſe hizo.
Con preuilegio Real.

페트라르카, 《승리》(스페인어판, Francisco Petrarca, *Los seys triunfos*, Antonio de Obregon 역, Logrono, Arnao Guillen de Brocar 출판사, 1512년, 표지)

Exposicion del tercero triũpho dela muerte.

R Qualquiera cosa que tiene ser/mediante la reuolucion del cielo/a de auer en algun tiẽ
po fin segun la esperiencia nos muestra/principalmẽte se conosce este defecto enlos
hombres.por que natura puso enellos mill maneras occasionales por dõde la muer=
te se distilla en sus cuerpos/ni ay ley ni seso ni diligencia para huyr esta sentencia del
morir/porq̃ qualquier hombre que nasce es obligado forçadamente a morir vna vez
pues nuestros primeros padres por no ser obedientes prouaron la aspereza delas
diuinales leys/Mas como nuestro redemptor en sus sentencias nunca aparta la misericordia dela ju=
sticia.puesto q̃ la muerte fuesse cõstituida en pena dela desobediẽcia no quiso que el anima q̃ es seme
jante ala natura angelica muriese/mas solamente el cuerpo que ella sustentaua se tornase nada luego
la muerte es vn apartamiento del anima y del cuerpo mediante el qual faltã todas las humanas ope
raciones.Donde los poetas considerãdo esta natural continuacion del hombre y necesaria disposici
on.viendo como el anima se junta al cuerpo/y con el ayuntamiento de aquel procede conueniẽte enel
ser/y despues vltimamente del se aparta.por esto fingieron.cloto y lachesis.y Athropo ser las minis=
tras del hado/por las quales este processo natural es descripto. Hauiendo ya nuestro poeta puesto
dos estados del anima vniuersales/enlos quales se halla miẽtra es vnida al cuerpo/que son el señorio
del apetito sensitiuo enel tiempo dela juuentud/y el dominio dela razon enel tiempo dela virilidad y ve
jez pone agora por consiguiente/el tercio/el qual es apartamiento del anima y cuerpo de cada vno/
por mas virtuoso que sea.donde calladamente amonesta los hombres que sean osados cõtra la muer
O te sin temerla como es sentencia de auenroiz enel prologo dela phisica quando dize.et cũ viderit quod
mors contingerit ex necessitate ilee siue materie tũc erit audax ex necessitate.dize pues la muerte de ne
cesidad ha de venir necesario es quel bueno con esfuerço la aya de sofrir.la otra es persuadir la inmor
talidad dela anima.lo qual demuestra introduziendo enel sueño hablar con laura y preguntar la dela
calidad dela muerte/y esto haze enel segundo capitulo/enlo primero sigue nuestro poeta la sentencia
d̃l philosopho enel primo dela phisica el qual dize que en aquellos mesmos prĩcipios delos quales las
cosas an generacion y ser/en aq̃llos mismos se an de tornar y resoluer.los astrologos dizen entonces
ser acabada vna reuolucion celestial/quando al mesmo pũto y sitio tornan los cuerpos celestiales/eñl
qual eran al principio de su mouimiento.introduze tornarse laura a su mesma casa y tierra dela qual siẽ
do antes salida era andada por el mundo y venida a roma al templo que deximos q consagrar los des=
pojos de su victoria/y siendo venida ya al fin desus obras/era cosa conueniente tornarse asu proprio
nascimiento y primera origen/donde en esta vuelta topando la muerte/discretamente nos amonesta
el poeta deuernos acordar de nuestro principio primero/el qual la sancta iglesia catholica el primero
dia dela quaresma nos lo demuestra diziendo que es ceniça y tierra.segun lo dize la sacra scriptura del
genesi/al primer capitulo/pone agora nuestro poeta que auiendo laura y su excelente compañia aui
do la gloriosa victoria del poderoso cupido y tornandose a grauesons topo la muerte enel camino/la
qual manifestandose asi la desafio y la dixo que queria matarla/ala qual Laura respondio como per=
sona de mucha excelencia haziendola amansar su cruel ferocidad/continuando el razonamiento como
a vn animo Religioso y muy prudente conuenia/y final mente consintio en morir.donde despues
P de auer escripto el poeta la muerte della/pone vn gran llanto que las vezinas suyas y sus amigas por
ella hizieron/pues dando agora nuestro poeta principio a este trihumpho tercero comparale alos o=
tros antiguos triumphos Romanos/diziendo que quantos triumphos fueron enla edad primera en
roma enel tiempo del politico viuir/o enel tiempo delos emperadores/por los quales se ornase el co=
llado glorioso del Quirino.y asi mesmo quantos triumphos fuerõ en tiempo de aquel que no con pla
ta labrada mas en vn arroyo sangriẽto dio de beuer a sus caualleros.o en tiẽpo del monarcha que qui
to a todos el nombre de grandeza que quiso hazer escreuir el mundo.o quantos presioneros pasaron
de baxo de su imperio por la via sacra al monte del capitolio/no dierõ tanta gloria ni honor a sus posse
ssores quanto el amor daua gloria del vencimiento siendo presionero de madona laura y asi ella lleua
ua el triumpho enla forma que se sigue.

앞과 동일(본문 첫 쪽)

EPISTOLE
DI G. PLINIO, DI M.
FRANC. PETRARCA, DEL
S. PICO DELLA MIRANDOLA
ET D'ALTRI ECCELLEN=
TISS. HVOMINI.
TRADOTTE PER M. LODO=
VICO DOLCE.

CON PRIVILEGIO.

IN VINEGIA APPRESSO GABRIEL
GIOLITO DE FERRARI.
MDXLVIII.

《플리니오, 페트라르카, 피코 델라 미란돌라 등 걸출한 인사들의 서한집 *Epistole di G. Plinio, di m. Franc. Petrarca, del s. Pico della Mirandola et d'altri eccellentiss. huomini*》(Lodovico Dolce 역, 베네치아, 1548년, 표지화)

OPERA DI M. FRANCESCO PETRARCA, DE RIMEDI DE L'VNA ET L'ALTRA FORTVNA, AD AZONE, TRADOTTA PER REMIGIO FIORENTINO.

Con Priuilegio.

IN VINETIA APPRESSO GABRIEL GIOLITO DI FERRARII MDXLIX.

페트라르카, 《여러 운명의 치유법》(이탈리아어본. *Opera di m. Francesco Petrarca, De rimedi de l'una et l'altra fortuna*, Remigio Fiorentino 역, 베네치아, Gabriel Giolito di Ferrarii 출판사, 1549년, 표지화)

IL

PETRARCA

CON L'ESPOSITIONE

DI M. ALESSANDRO

VELLVTELLO:

Di nuouo ristampato con le Figure a i Trionfi, con le apostille, e con piu cose utili aggiunte.

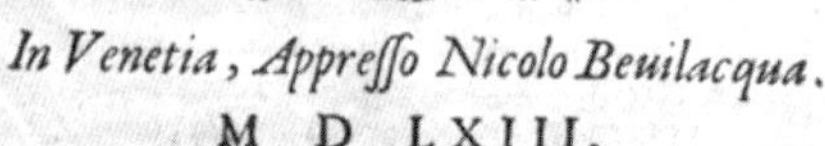

In Venetia, Appresso Nicolo Beuilacqua.

M D LXIII.

페트라르카, 《페트라르카 선집》(*Il Petrarca con l'espositione di m. Alessandro Vellutello*, 베네치아, Nicolo Bevilacqua 출판사, 1563년, 표지화)

PETRARCA
CON NVOVE SPOSITIONI,

Nelle quali, oltre l'altre coſe, ſi dimoſtra qual fuſſe il vero giorno & l'hora del ſuo innamoramento.

Inſieme alcune molto utili & belle annotationi d'intorno alle regole della lingua Toſcana,

E una conſerua di tutte le ſue rime ridotte ſotto le lettere vocali.

IN VIRTVTE, ET FORTVNA.

IN LYONE,

Appreſſo Gulielmo Rouillio.

M. D. LXIIII.

Con Priuilegio del Re.

페트라르카, 《페트라르카 선집》
(*Il Petrarca con nuove spositioni*, 프랑스, 리옹, 1564년, 표지화)

IL PETRARCHA
CON L'ESPOSITIONE DI
M. GIO. ANDREA GESVALDO.
NVOVAMENTE RISTAMPATO,
E CON SOMMA DILIGENZA CORRETTO,
ET ORNATO DI FIGVRE,
Con Doi Tauole, vna de' Sonetti e Canzoni, & l'altra di
tutte le coſe degne di Memoria, che in eſſa
Eſpoſitione ſi contengono.

IN VINEGIA,
APPRESSO IACOMO VIDALI.
M D LXXIIII.

페트라르카, 《페트라르카 선집》(*Il Petrarcha con l'espositione di m. Gio. Andrea Gesualdo*, 베네치아, Iacomo Vidali 출판사, 1574년, 표지화)

LE RIME

DEL

PETRARCA

BREVEMENTE ESPOSTE

PER

LODOVICO CASTELVETRO

EDIZIONE CORRETTA ILLUSTRATA, ED ACCRESCIUTA,
Siccome dalla ſeguente Prefazione appariſce.

TOMO PRIMO.

IN VENEZIA,

MDCCLVI.

PRESSO ANTONIO ZATTA.

CON LICENZA DE' SUPERIORI, E PRIVILEGIO.

페트라르카, 《페트라르카의 詩 1》(*Le Rime del Petrarca*, Ludovico Castelvetro 해설, 베네치아, Antonio Zatta 출판사, 1756년, 표지화)

LE RIME
DEL
PETRARCA
BREVEMENTE ESPOSTE
PER
LODOVICO CASTELVETRO
DEDICATE ALL' ALTEZZA REALE
DI
M.ª ANTONIA DI BAVIERA
Principessa regia di Polonia, ed Elettorale di Sassonia.
DAL CONTE
DON CRISTOFORO ZAPATA DE CISNEROS.
TOMO SECONDO.

IN VENEZIA, MDCCLVI.
Presso Antonio Zatta.
Con Licenza de' Super., e Privilegio dell' Eccellentiss. Senato.

페트라르카, 《페트라르카의 詩 2》(*Le Rime del Petrarca*, Ludovico Castelvetro 해설, 베네치아, Antonio Zatta 출판사, 1756년, 표지화)

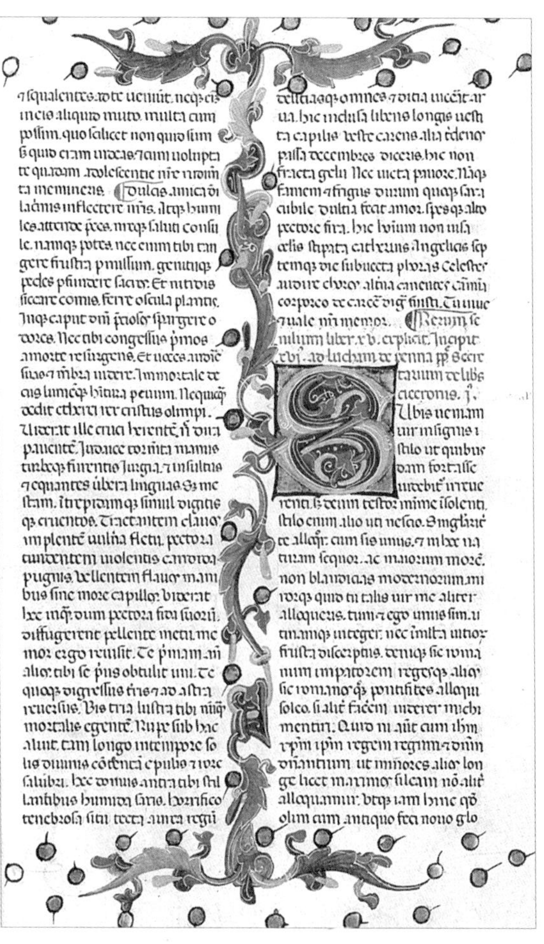

페트라르카, 《노년의 서한》(Francesco Petrarca, *Epistolae seniles*, 이탈리아, Padova, 14세기, 노르웨이, 국립도서관, Schøyen collection)

▪ 프란체스코 페트라르카 주요연보 ▪

1302년 10월 부친 페트락꼬(Petracco)〔또는 페트락꼴로(Petraccolo)로 불렸으나, 본명은 피에트로(Pietro)〕는 정치싸움에 휘말려 고향인 피렌체 이남의 아렛쪼(Arezzo)로 가족과 함께 피신한다.

1304년 7월 20일 새벽 아렛쪼의 집(Vico dell'Orto, n 28)에서 부친 페트락꼬와 모친 엘렛따 카니지아니(Eletta Canigiani) 사이에서 2남 중 장남으로 태어난다.

1311년 피사를 거쳐 1312년 프란체스코 가족은 아비뇽에 정착.

1316년 프로방스의 몽뻬이에 대학 법학부 입학.

1318년 어머니 사망.

1320년 동생 게라르도(Gherardo)와 함께 법학공부를 위해 이탈리아 볼로냐 대학으로 보내짐. 이곳에서 쟈코모 콜론나(Giacomo Colonna)와 알게 되어 평생 깊은 우정을 나눔.

1326년 4월 부친사망 소식을 접하고 볼로냐를 떠남.

1327년 4월 6일 성 키아라(佛, 생 클레르) 성당에서 라우라(Laura)를 처음 보고 사랑에 빠진다.

1330년 쟈코모가 형인 추기경 죠반니 콜론나(Giovanni Colonna)에게 추천하여 콜론나가문 휘하에서 사제의 길에 들어섬.

1332년경 《칸초니에레》(*Canzoniere*)에 담길 시들을 쓰기 시작한다.

1336년 봄 화가 시모네 마르티니(Simone Martini)가 교황의 부름을 받고 아비뇽에 옴. 페트라르카는 그에게 라우라의 초상화를 부탁함. 4월 26일 동생과 방투산 등정. 12월 주교 쟈코모 콜론나의 초청으로 로마여행.

1337년 아비뇽 시내를 떠나 전원의 발키우사(佛, 보클뤼즈)로 이사. 익명의 여인과의 사이에서 아들 죠반니 태어남.

1340년 9월 1일 오전 파리대학으로부터 그리고 오후 로마의 원로원으로부터 계관시인 추대장을 받음. 추기경 콜론나의 조언을 받아들여 로마를 선택.

1341년 4월 8일 로마의 캄피돌리오 언덕에 세워진 원로원에서 계관시인이 됨.

1343년 1월 20일 계관시인이 되도록 도와준 나폴리의 왕 로베르토 단죠(Roberto d'Angio') 사망. 익명의 여인과의 사이에서 딸 프란체스카 태어남. 4월 동생 게라르도 몽트뢰 수도원에 들어감.

1348년 5월 19일 친구 소크라테(Socrate)가 보낸 편지를 통해 라우라가 4월 6일 아비뇽에서 흑사병으로 죽었다는 사실을 베로나에서 알게 된다.

1350년 로마로 향하는 길에 처음으로 피렌체에 들름. 복캇쵸가 마중 나와 페트라르카를 자신의 집으로 초대하여 그곳에 머묾. 이후 평생 동안 깊고 진실된 우정을 나눔.

1353년 5월 말(또는 6월 초) 프로방스를 완전히 떠나 이탈리아에 온 페트라르카는 처음 밀라노의 비스콘티 가문에 정착한다.

1359년 3월 밀라노에 머물던 페트라르카를 복캇쵸가 방문하고, 약 한 달간 그의 집에 머물며 특히, 단테에 대한 많은 토론을 함.

1363년 봄 페트라르카는 베네치아로 복캇쵸를 초대함.

1370년 3월 아르콰(Arqua')에 집을 마련, 6월 이사.

1373년 《데카메론》의 마지막 이야기를 이탈리아어를 모르는 이들에게 알리고자 라틴어로 번역하였는데 이 번역이 원본보다 탁월하다는 평을 받음.

1374년 봄 《칸초니에레》의 마지막 정리. 7월 19일 인생 70을 꽉 채우고 아르콰의 자택에서 운명을 다하였다.

▪ 첫 행 색인(*Capoversi*) ▪

▪ 저자 및 역자 소개 ▪

■ 프란체스코 페트라르카(Francesco Petrarca)

1304년 이탈리아의 아렛쪼에서 태어나 1374년 아르콰에서 사망한 페트라르카는 단테, 복캇쵸와 더불어 이탈리아의 3대 시인이다. 그는 이탈리아 서정시의 효시이며 인문주의의 아버지로 평가받고 있다. 페트라르카가 남긴 소네트들은 이탈리아는 물론이고 수백 년 동안 전 유럽 시문학의 모델이 되었다. 중세 말에 태어난 페트라르카는 계속된 그리스도교적 세계관 속에서 무기력하게 살아가는 인간의 존재와 가치를 깊이 생각하게 되었다. 죽음으로 끝나는 인간의 나약함을 인식하고 유한한 인간, 그러나 본인 또한 인간으로서 체념만 할 수는 없는 인간, 그러한 인간으로서의 존재의 가치에 대한 관심과 성찰은 결국 고뇌와 성찰의 순간순간이 동기부여가 된 수많은 산문들을 낳고 이들은 다시 40여 년간의 지속적 노력과 시어의 조탁 결과 문학적 형식으로 표현되어 시집 《칸초니에레》를 탄생시킨다.

개인의 감정을 자유롭게 표현한 그의 글쓰기는 예술에서는 서정시로 또 사상에서는 인문주의라는 형식으로 표출된 것이라고 해석할 수 있겠다.

주요저서로는 라틴어로 된 작품 《친구들에게 보내는 편지》(*Familiarum rerum libri*), 《아프리카》(*Africa*), 《목가시》(*Bucolicum carmen*), 《고독한 삶》(*De vita solitaria*), 《나의 비밀》(*Secretum*) 등이 있으며, 이탈리아어로 쓴 작품은 최고 걸작인《칸초니에레》(*Canzoniere*) 와 《승리》(*Trionfi*) 가 있다.

■ 이 상 엽

전북 고창군 해리 출생.
한국외국어대학교 이탈리아어과 학사, 석사.
이탈리아 국립 파비아 대학 문학박사(*Dottorato di recerca*).
현재 한국외국어대학교 이탈리아어과 교수.

- 수상경력: 2001년 이탈리아 정부로부터 '시문학 번역상' 수상.
- 주요관심분야: 이탈리아의 14세기, 르네상스 문학과 20세기 시문학.
- 주요논문: "페트라르카의 삶과 시문학 연구,"
  "프란체스코 페트라르카의 《칸초니에레》 연구,"
  "에우제니오 몬탈레의 부정의 시학 연구,"
  "에우제니오 몬탈레의 시집 《사투라 II》에 대한 해석" 등 다수.
- 역서: 티치아노 롯시(Tiziano Rossi)의 《삶 속의 사람들》(*Gente di corsa*) (이탈리아 문화원) 등.